भूत के घर
(भोजपुरी)
INSPECTOR TARACHAND SERIES - BOOK 1

प्रसेनजीत दास

Copyright © Prasenjit Das
All Rights Reserved.

This book has been self-published with all reasonable efforts taken to make the material error-free by the author. No part of this book shall be used, reproduced in any manner whatsoever without written permission from the author, except in the case of brief quotations embodied in critical articles and reviews.

The Author of this book is solely responsible and liable for its content including but not limited to the views, representations, descriptions, statements, information, opinions and references ["Content"]. The Content of this book shall not constitute or be construed or deemed to reflect the opinion or expression of the Publisher or Editor. Neither the Publisher nor Editor endorse or approve the Content of this book or guarantee the reliability, accuracy or completeness of the Content published herein and do not make any representations or warranties of any kind, express or implied, including but not limited to the implied warranties of merchantability, fitness for a particular purpose. The Publisher and Editor shall not be liable whatsoever for any errors, omissions, whether such errors or omissions result from negligence, accident, or any other cause or claims for loss or damages of any kind, including without limitation, indirect or consequential loss or damage arising out of use, inability to use, or about the reliability, accuracy or sufficiency of the information contained in this book.

Made with ♥ on the Notion Press Platform
www.notionpress.com

इ किताब इंस्पेक्टर ताराचंद के कहानी के श्रृंखला में पहिला किताब ह। ई किताब ओह पाठकन के समर्पित बा जेकरा डरावनी कहानी आ जासूसी कहानी पढ़े के शौक बा। ई किताब दू गो विधा के मिश्रण ह।

अचानक राधाकांत उनका सामने आ गइलन। लखन खड़ा होके पूछले, "मुखिया! कवन खुशखबरी बा?" राधाकांत के कहनाम बा कि, "हमनी के लमहर संघर्ष के अंत होखे वाला बा। आखिरकार सरकार हमनी के निहोरा मान लेले बिया अवुरी हमनी के गांव में डिस्पेंसरी बनावे खाती तैयार हो गईल बिया।" ऊ चिट्ठी सबके देखावेला। गांव के सब लोग खुशी से चिल्लात बा। राधाकांत अपना नौकर के कुछ पइसा देके कहेले, "गोपी! जाके तुरते मिठाई ले आवऽ।" गाँव के सब लोग एह खबर से गदगद हो गइल।

୭୨

कुछ दिन बाद गांव में निर्माण मजदूर पहुंचले अवुरी डिस्पेंसरी के निर्माण शुरू हो गईल। गाँव के लोग मजदूरन के मदद करेला आ भवन निर्माण में पूरा रुचि लेत बा। कुछ महीना बाद काम पूरा हो गईल।

2
डाक्टर के आगमन

कुछ दिन बाद एगो आदमी राधाकांत के घरे आ गईल। आपन परिचय देत घरी कहतारे, "नमस्ते, मुखिया! हम डॉ. वज्रनाभ हईं। रउरा गाँव के डिस्पेंसरी के जिम्मा लेबे खातिर हमरा के एहिजा भेजल गइल बा।" उ राधाकांत के आपन पहचान के प्रमाण के रूप में एगो चिट्ठी देखावेले। राधाकांत डॉ. वज्रनाभ के धन्यवाद देके डिस्पेंसरी में आवे के कहेले। गोपी के आदेश देला कि सब गाँव के लोग के डिस्पेंसरी के सामने बटोर लेव।

कुछ मिनट बाद गाँव के सब लोग डिस्पेंसरी के सामने इकट्ठा हो जाला। फेर राधाकांत डॉ. वज्रनाभ के साथे पहुँच के गाँव के लोग से परिचय करावत बाड़न, "हमार प्रिय गाँव के लोग, डॉ. वज्रनाभ से मिलीं। ऊ एह डिस्पेंसरी के नया आ पहिला डाक्टर हउवें।" गाँव के सब लोग उनका के अभिवादन करेला। डॉ. वज्रनाभ कहले कि, "इ स्वागत पाके हमरा बहुत खुशी होखता। हम तहरा सेवा में पूरा कोशिश करब।"

राधाकांत डाक्टर साहब से कहतारे, "इहाँ कवनो दिक्कत ना होई। सब गाँव के लोग बहुत मददगार होला।" फेर, माधव नाम के एगो गाँव के

आदमी के आदेश देत बाड़े, "माधव! आज से आप उनकर सहायक बनब। हमेशा उनका साथे रहीं।" माधव कहतारे, "बेशक मुखिया! हम डाक्टर साहब के जतना हो सके मदद करब।" तब, डाक्टर आ माधव के छोड़ के सब गाँव के लोग आ राधाकांत ओहिजा से निकल जाला। दुनु जने डिस्पेंसरी में रहेलें।

डिस्पेंसरी में सब इंतजाम कईला के बाद डॉ. वज्रनाभ कहतारे, "माधव! अब इहां सब ठीक बा। का हम गांव के चक्कर लगाईब?" माधव कहतारे, "बेशक डाक्टर साहब!! हम तोहरा के पूरा गाँव देखा देब।"

कुछ देर पैदल चलला के बाद गांव के दूर-दराज के इलाका में पहुंच गईले। वज्रनाभ के झाड़ी के पीछे एगो परित्यक्त घर लउकेला। ऊ माधव से पूछेला, “अरे! घर के अईसन लागेला। उहाँ के रहेला? आ ऊ जगह अतना सुनसान आ गंदा काहे बा?" माधव ई देख के डेरा जाला। ऊ कहत बाड़न कि “अरे! हमनी के इहाँ कब पहुंचनी जा? डाक्टर साहब! तुरते निकले के बा। अन्हार हो रहल बा। सूर्यास्त से पहिले वापस आ गईल होखे के चाही।" "लेकिन..." वज्रनाभ पूछे के कोशिश करेला लेकिन, माधव अपना कवनो सवाल के जवाब देवे के मूड में नईखन अवुरी ओकरा के धक्का देले, "जल्दी करीं डॉक्टर!!"

एक घंटा के भीतर उ लोग डिस्पेंसरी में वापस आ गईले। माधव के राहत महसूस भइल। लेकिन, वज्रनाभ अचरज में पड़ जाले, "माधव काहे!! अयीसन व्यवहार काहे करतारे? बताव कि अचानक काहें लवट आईल? उ घर एतना सुनसान अवुरी अकेला काहे? उहाँ के रहेला?" माधव कुछ अउर ना कहे, लागत बा कि लगातार होठ हिलावत होखस। "कह माधव! तू अईसन व्यवहार काहे कर रहल बाड़ू?" वज्रनाभ के कहल जाला। माधव के बिना कुछ बोलले नींद आ जाला। वज्रनाभ बेचैन बाड़े।

अगिला दिने सबेरे वज्रनाभ राधाकांत के घरे चल गईले। "मुखिया! हम तोहरा से मिले के चाहत बानी। माधव से हमार शिकायत बा।" राधाकांत तुरंत घर से बाहर निकलले, "का भईल डाक्टर साहब?" तब तक देवदुलाल ओहिजा से गुजरत रहले अवुरी राधाकांत के घर के नजदीक रुक गईले।

"मुखिया! काल्ह माधव के साथे गाँव में घूम गइनी। फेर, हम गाँव के पीछे के ओर बढ़नी, जहाँ हमनी के एगो परित्यक्त घर मिलल। माधव से ओह घर के बारे में पूछनी। लेकिन, कुछ कहे के बजाय हमरा के वापस आवे खातिर मजबूर करे लगले। आ तबहियो ऊ ओह घर का बारे में कुछ कहे के तइयार नइखन। ओह घर में कवन खास बा?"

राधाकांत कुछ ना कहे। "हे घर के बारे में मुखिया जी कुछ ना बताई। गाँव में भी केहू कुछ ना बताई।", देवदुलाल वज्रनाभ के पास आ जाला। उ कहले कि, "हमार सीनियर श्यामलाल हमरा के पूरा घटना बतवले। हमहूँ उहे बतावत बानी। आईं।"

3

पुरान घर के कहानी

उ कहले कि, "करीब 20 साल पहिले गांव के उ ओर बहुत व्यस्त रहे।" देवदुलाल आ वज्रनाभ जाके बरगद के पेड़ के नीचे बईठ गईले। “उ घर एह गाँव के मकान मालिक आनंद सरकार के रहे। उ बहुत बढ़िया आ दयालु दिल के इंसान रहले। साथे-साथे ई गाँव में ही ना, आस-पास के इलाका में भी उ बहुत मशहूर इंसान रहले। उ लाचार के मदद कईले। एही कारण से; इनके नाम पर एह गाँव के नाम आनंदपुर बा।"

उ कहले कि, "उनुकर परिवार सुखी रहे। उनुकर दुगो बेटा रहे, जेकर नाम देबनाथ अवुरी सुजयनाथ रहे। छोटका बेटा देबनाथ ठीक उनुका पिता निहन रहले। सुजयनाथ के तनी गर्व रहे। गांव के लोग उनुका से नफरत करत रहले, जब भी उ लोग मदद खाती आनंद सरकार के लगे पहुंचत रहले। आनंद सरकार अपना बड़का बेटा के लेके बहुत चिंतित रहले।"

देवदुलाल इहो कहतारे कि, "अचानक सुजयनाथ अपना दोस्तन के संगत में बहुत कुरीति में लिप्त हो गईले। देर रात उ शराब पी के घरे लवटे लगले। उ अपना छोट भाई अवुरी माता-पिता तक के संगे बदसलूकी करे लगले। आनंद सरकार उनका के डांटत आ चेतवले कि एह

तरह के हरकत से दूर रहीं। लेकिन, उ कबो ना सुनले।"

༄

उ कहले कि, "ओ दिन घर खाती बहुत भयानक रहे। सुजयनाथ के आपन बंदूक खुला में लेके लगातार चिल्लात देख के गांव के सब लोग घबरा गईले। ऊ चिल्लात रहले कि ऊ केहू के ना छोड़ब आ सबके नाश होखे के चाहीं। ऊ खीस से पागल हो गइल। गांव के कुछ लोग चुपके से उनका पीछे-पीछे चलल कि उ का करे जा रहल बा। सुजयनाथ हाथ में बंदूक लेके घर में घुस गईले। गांव के लोग घर के भीतर से कई गो गोली अवुरी हंगामा के आवाज सुनाई देलस। भीतर का भईल बा उ लोग के समझ में ना आईल।"

༄

उ कहले कि, "कुछ देर बाद अचानक घर के भीतर से सब लोग चुप हो गईल। राधाकांत आ कुछ गाँव के लोग जब घर में घुसल त ओह लोग के कई गो लाश इधर-उधर पड़ल मिलल। आनंद सरकार के छोड़ के राज परिवार के सभ सदस्य के दुखद अंत मिलल। राधाकांत उनका लगे चल गइलन। आनंद सरकार राधाकांत के बतवले कि उनुकर खुद बड़ बेटा सुजयनाथ उनुका परिवार के हत्या क देले बाड़े। लेकिन, उ लोग कवनो तरीका से सुजयनाथ के मारे में कामयाब हो गईले अवुरी खुश हो गईले कि कम से कम गांव के लोग के सुजयनाथ के कोप के सामना ना करे के पड़ी। तब, आनंद सरकार आपन आखिरी सांस लेहले।"

༄

वज्रनाभ तनी अचंभित लउकलन, "हमरा आनंद सरकार पर तरस आवत बा। लेकिन, ओकरा बाद पूरा जगह के का भईल?" देवदुलाल वज्रनाभ के कान्ह पर हाथ रख के कहत बाड़न कि "तब से मानल जाला कि सुजयनाथ के भूत आजुओ घर में घूमत रहेला आ ओह जगहा के लगे केहू के ना आवे देला।"

༄

"हमरा ई सब बात पर विश्वास नइखे।", वज्रनाभ कहत बाड़न, "बिना कवनो सबूत के कइसे तय कइल जा सकेला कि ओह जगहा भूत के मौजूदगी बा?" "हम भी भूत में विश्वास ना करेनी।", देवदुलाल जवाब देले, "लेकिन, एगो घटना भईल जवन गांव के सब लोग के हिला देलस।" "ऊ का रहे?" वज्रनाभ पूछत बाड़े।

॰॰॰

उ कहले कि, "ओ दुखद घटना के एक दिन बाद गांव के एगो आदमी ओ जगह प गईल। लेकिन, कबो वापस ना आईल। जब दोसर गाँव के लोग ओकरा के खोजे लागल त ओकरा गाँव के लाश पास के एगो नहर में मिलल, आँख खुलल रहे जइसे कि ऊ कवनो असामान्य आ भयावह चीज देखले होखे।" "का ऊ खाली डर से मर गइल होखे?", वज्रनाभ पूछत बाड़न. "शायद ना।" देवदुलाल जवाब दिहले, "गाँव के लोग भी उनका देह पर कुछ कटल निशान देखले बा।" "सुजयनाथ के भूत केहू सचमुच देखले बा?" वज्रनाभ पूछत बाड़े।

॰॰॰

"तब से केहु के ओ जगह जाए के हिम्मत ना भईल अवुरी एहीसे, केहु के उ भूत ना देखाई देलस।" वज्रनाभ भी पूछेले, "माधव के का?" "माधव भी इ कहानी जानत बाड़े अवुरी भूत-प्रेत के मौजूदगी प विश्वास करेले। एहीसे उ अयीसन अवस्था से गुजरतारे।", देवदुलाल कहतारे। "अरे!", वज्रनाभ कहले, "तब उ भगवान से प्रार्थना करत होईहे काहेंकी हम देखनी कि उनुकर होठ लगातार हिलत रहे बाकिर कवनो शब्द ना बोलत रहे।" "हँ!" देवदुलाल जवाब दिहले।

4
वज्रनाभ के भीतर के उथल-पुथल

वज्रनाभ डिस्पेंसरी में वापस आ जाला। कुछ देर बाद माधव भी आवेला। ऊ वज्रनाभ से माफी माँगेला, "डॉक्टर साहब, हमरा दुराचार के माफ कर दऽ। हमरा बुझात ना रहे कि का करीं। हम तहरा सवाल के जवाब देवे में बहुत डेरा गईनी।" "हम समझ गईनी।", वज्रनाभ कहली, "एह में तोहार कवनो गलती नईखे। देवदुलाल हमरा के ओह घर के पूरा कहानी समझवले आ ओकरा से जुड़ल डर जवन एतना साल से एह गाँव के जकड़ले बा। लेकिन, एगो बात बा जवन हमरा अभी तक नईखे समझ में आवत।"

༄༅

"का बा डाक्टर साहब?", माधव पूछले। वज्रनाभ कहत बाड़न कि अगर एह गाँव में केहू सुजयनाथ के भूत ना देखले बा भा ना मिलल बा त रउरा सभे काहे डेरात बानी? जबले खुद ना देखब तबले ओह भूत पर विश्वास ना करब। माधव कहत बाड़न, "लेकिन डाक्टर साहब, ओह घर में नरसंहार के एक दिन बाद ओह घर के बगल में नहर में एगो गाँव के आदमी के बेरहमी से हत्या कर दिहल गइल।" "हँ", वज्रनाभ कहले, "ई घटना वाकई में परेशान करे वाला बा। लेकिन, एकरा के पूरा तरीका से

भूत से नईखे जोड़ल जा सकत। ठीक बा! चलीं इ चर्चा इहाँ खतम कईल जाए। हमनी के अवुरी काम बा। ओ घर में हम ओ भूत के छोड़ देवे से निमन बा।" "हँ डाक्टर साहब!", माधव कहले।

༺༻

अगिला दिने आनंदपुर में सामान्य जीवन जारी रहे। गांव के सब लोग अपना नियमित कार्यक्रम में व्यस्त बाड़े। डा. वज्रनाभ आ माधव भी डिस्पेंसरी में व्यस्त बाड़े। लेकिन, वज्रनाभ पूरा तरह से शांत नईखन। कहीं उनका मन में ऊ घर आजुओ बा।

༺༻

कुछ दिन बाद वज्रनाभ के फेर से देवदुलाल से मिले के मौका मिलेला। "नमस्कार डाक्टर!", देवदुलाल कहतारे, "कइसन बानी?" "हम ठीक बानी। लेकिन तबो, हमरा बहुत सवाल बा।" वज्रनाभ कहतारे। "हम समझ गईनी। इ जगह आपके खाती नया बा। काल्ह जवन घटना हम आपके बतवले रहनी, उ आपके खाती नया बा। सवाल होखल स्वाभाविक बा। आप हमरा से पूछ सकतानी अवुरी हम जवाब देवे के कोशिश करब।" देवदुलाल कहतारे।

༺༻

उ कहले कि, "जब हम पहिला बेर इहाँ आईल रहनी त देखनी कि गांव के लोग एगो छोट कच्चा सड़क के इस्तेमाल करत रहले, जवन कि एतना बड़ ना रहे कि उ लोग जा सके। बाकिर ओह पुरान घर का ओर गइला पर ओहिजा से एगो पक्का सड़क जात लउकल। गाँव के लोग ओह सड़क के इस्तेमाल काहे ना करेला? जहाँ तक हम देखत रहनी, उ गली ओह घर के सीमा में ना रहे। एह से हमरा नइखे लागत कि सुजयनाथ तथाकथित भूत के कवनो तरह से परेशानी होई अगर गाँव के लोग ओह सड़क के इस्तेमाल करी।" वज्रनाभ तनी मुस्कुरइले।

"ठीक बा।" देवदुलाल मुस्कुरा के कहतारे, "लेकिन ओ गांव के आदमी के मौत के बाद गांव के सब लोग एतना डेरा गईल बाड़े कि उ लोग फेर कबो ओ जगह ना जईहे। अवुरी जवना सड़क के बात करतानी, उ असल में आनंद सरकार के ह। ओह घरी के शाही सड़क रहे। उहे सड़क बनवले रहले अवुरी ओ सड़क से गुजरत रहले। लेकिन गांव के लोग अपना खाती सड़क के इस्तेमाल करे प उनुका कवनो आपत्ति ना रहे।"

"लेकिन, सुजयनाथ खिसियाइल रहले अवुरी अक्सर गांव के कुछ लोग के ओ सड़क के इस्तेमाल करे खाती डांटत रहले। त ओ घर में भईल दुखद घटना के बाद अवुरी सुजयनाथ के भूत से डेराए के बाद गांव के सभ लोग ओ सड़क से परहेज करेला अवुरी जदी कबो ओ सड़क प चलब त देखब। ऊ सड़क असल में मुकुंदपुर शहर के सबसे छोट आ आसान रास्ता ह, जवना से ई सीधे जुड़ल बा। हालांकि कच्चा सड़क, जवना के इस्तेमाल गाँव के लोग करेला, शहर में जाला। एगो अतिरिक्त गोल चक्कर के रास्ता लेला आ एही से तनी ढेर समय लागेला।"

"का अईसन बा!" वज्रनाभ बड़ा अचरज से कहले। देवदुलाल कहतारे, "हँ, लेकिन गाँव के लोग सड़क के दूसरा ओर बाधा लगा देले बाड़े, ताकि कवनो बाहरी आदमी गलती से चाहे जानबूझ के सड़क के इस्तेमाल ना क सके।" वज्रनाभ के कहनाम बा कि, "हमरा गांव के लोग प बहुत तरस आता अवुरी हम कुछ कईल चाहतानी। हम सिर्फ ए गांव से ए प्रकार के अंधविश्वास के दूर कईल चाहतानी।" देवदुलाल कहले कि, "हम भी पछिला कुछ साल से इहे कोशिश करतानी। लेकिन अभी तक कवनो प्रभावी बदलाव नईखे भईल। ए विषय प बहुत मेहनत करे के होई।" "हँ! तू सही कहत बाड़ू।", वज्रनाभ कहत बाड़ी, "ठीक बा! अब अन्हार हो गइल बा। अब वापस चल जाईं। शुभ रात!" "शुभ रात आ ध्यान राखीं!", देवदुलाल कहतारे।

5

त्रासदी

कुछ दिन बीत गइल। एक दिन सबेरे लखन बेतरतीब ढंग से राधाकांत के लगे पहुंचले अवुरी चिल्ला के कहले, "मुखिया! मुखिया!" राधाकांत बाहर आके कहलन, "का भइल? अतना निराशा काहे बाड़?" लखन कहतारे, "मुखिया! हमनी के कच्चा सड़क जर्जर हो गईल बा। अब एकर इस्तेमाल नईखी क सकत।" "का!!" राधाकांत के विश्वास ना होत रहे। काल्हु रात बहुते बरखा भइल। उ तुरंत लखन के संगे क्षतिग्रस्त सड़क देखे जातारे।

"ई कइसे संभव बा?" राधाकांत सड़क के हालत देख के कहतारे। देवदुलाल अवुरी वज्रनाभ भी मौका प पहुंचेले। वज्रनाभ कहत बाड़न कि "शायद काल्हु रात भइल भारी बरखा से नुकसान भइल बा।" "ना!", कहत बाड़न देवदुलाल, "एकर दोष पूरा तरह से प्रकृति पर ना लगावल जा सके, एहमें भी इंसान के हाथ बा।" वज्रनाभ पूछत बाड़न कि, "अइसन कइसे कहबऽ?" देवदुलाल कहतारे कि, "एह गांव में कई बेर भारी बरखा भईल बा। लेकिन सड़क प कुछूओ ना भईल। संगही सड़क के हालत एतना खराब ना रहे कि एक बारिश से एकरा के एतना नुकसान पहुंचावे कि अब केहु एकरा प ना चले पाई।"

लखन टोकत बा, "मास्टर! केहू अइसन कइले बा बाकिर अब का कइल जाव? इहे एकमात्र सड़क रहे जवन हमनी के शहर से जोड़त रहे अवुरी हमनी के रोजी-रोटी के हिस्सा रहे। ओह घर के लगे बनल पक्का सड़क के छोड़ के कवनो सड़क नइखे रहि गइल। बरिसन ले हमनी के ओह रास्ता से परहेज करत रहनी जा। का हमनी के फेर से ओह रास्ता से चले के पड़ी?" गाँव के सब लोग डेरा गइल बा। राधाकांत कहत बाड़न, "अउरी कवनो रास्ता नइखे। जबले ई सड़क ना बन जाई तबले हमनी के ओह पक्का सड़क के इस्तेमाल करे के पड़ी।"

देवदुलाल कहतारे, "डर के कवनो बात नईखे। ओ सड़क के केहु के इस्तेमाल क सकता। पछिला बहुत साल में केहु के कवनो असामान्य देखाई देलस? अभी कुछ दिन पहिले संजोग से डॉ. वज्रनाभ अवुरी माधव ओ जगह प रहले गोन। माधव, बताव हमरा के, का तोहरा कुछ भइल बा?" माधव कहतारे, "ना मास्टर! लेकिन...!" देवदुलाल टोकले, "तब तय हो गईल। हम ओह पक्का सड़क के इस्तेमाल करब।" वज्रनाभ कहतारे, “हम देवदुलाल के बात से सहमत बानी।” गाँव के सब लोग अपना-अपना घरे चल जाला।

6
ग्रामीण के लापता बा

अगिला दिने सबेरे गाँव के लोग पक्का सड़क पर पहुँच के सगरी बाधा दूर क के ओकरा के इस्तेमाल खातिर तइयार कर देला। दू दिन बीत जाला, कवनो असामान्य बात ना होला। गाँव के लोग विश्वास करे लागेला। ओह लोग के विश्वास होखे लागेला कि भूत-प्रेत के असल में कवनो अस्तित्व नइखे। लेकिन, अगिला दिने देर शाम लक्ष्मी अचानक राधाकांत के घर के ओर दौड़ के चिल्लात बाड़ी, "मुखिया! बेटा के वापस दे द।" उ रोवे लगली। राधाकांत घर से बाहर निकल जाले, "का भईल? काहे रोवत बाड़ू? आ काहे कहत बाड़ू?"

༺ ༻

गांव के सब लोग राधाकांत के घर के पास जमा हो जाला। लक्ष्मी कहत बाड़ी, "मुखिया! लइका शापित घर के बगल में पक्का सड़क से गुजरल। लेकिन अभी तक उ घरे नईखन लवटल।" ऊ कड़ुआ रोवत बाड़ी। राधाकांत कहेले, "चिंता मत कर, हम ओकरा के खोज लेब। हरि आ बीरजू! जा खोज ले।" हरि अऊर बिरजू जाए खातिर तैयार बाड़े।

༺ ༻

अचानक दूर से केहू पुकारल, "मुखिया! मुखिया!" राधाकांत कहत बाड़न कि "उ लखन हउवें।" लखन आके कहतारे, "मुखिया! देखs हमरा का

मिलल। ऊ ओह पुरान घर के बगल में सड़क पर पड़ल रहे।" "फटल कपड़ा के टुकड़ा लागत बा।", राधाकांत टुकड़ा हाथ में लेके कहतारे। लक्ष्मी लगभग राधाकांत के हाथ से कपड़ा छीन लेले अवुरी रोवत कहेले, "ई हमार बेटा के कपड़ा के टुकड़ा ह। हाय भगवान! उनुका का भईल?" लक्ष्मी बेहोश हो जाले। "लक्ष्मी मासी!", माधव ओकरा के पकड़ले। राधाकांत लखन से पूछले, "कहाँ से ले आईल?" लखन कहले कि, "इ ओही सड़क के किनारे अवुरी लगभग ओही घर के सोझा पड़ल रहे।"

गांव के सब लोग डेरा गईल। माधव कहतारे, “तब जरूर सुजयनाथ के भूत के काम होई। हम उनकर सड़क के इस्तेमाल करे लगनी। अब उ हमनी के सजा दे रहल बाड़े। उ हमनी में से केहु के ना छोड़ीहे।" “बकवास बतियावल बंद करऽ माधव!”, देवदुलाल कहले, “अइसन कइसे कहबऽ? एह दुनिया में कवनो भूत नइखे। ओकरा संगे कुछ अवुरी भईल होई।"

"मास्टर!" लक्ष्मी चिल्ला के कहली, "का तू अपना के बचावे के कोशिश कर रहल बाड़ू? तोहरा चलते हमार बेटा गायब बा।" "रुका लक्ष्मी!", राधाकांत टोकले, "तू ओकरा के काहे दोषी ठहरावत बाड़ू?" "ना मुखिया! हमार बेटा के अचानक गायब होखे के जिम्मेदार उहे बाड़े।", लक्ष्मी अभी भी कड़ुआ रोवत रहली। गांव के सब लोग लक्ष्मी के समर्थन करतारे, "हाँ मुखिया! ए घटना खाती मास्टर जी जिम्मेदार बाड़े।"

वज्रनाभ कहले, "तू सभे चुप रहऽ। रउआ सभे से हम एकदम असहमत बानी। रउआ देवदुलाल के कइसे दोषी ठहराईब? ऊ ई कइसे करीहें? एतना साल से रउआ सभे के लइकन के पढ़ावत बाड़े आ एह गाँव के एकमात्र प्राइमरी स्कूल चलावत बाड़े। अब अचानक रउआ सभे उनुका खिलाफ हो गईल बानी। उनुकर एकमात्र गलती बा कि उ रउआ के ज्ञान देवे में। एह दुनिया में भूत नाम के कवनो चीज़ नईखे।"

लखन कहले, "डॉक्टर साहब, तू शहर के आदमी हउवऽ। पढ़ल-लिखल बाड़ू। तोहरा पढ़ल-लिखल सब कुछ मालूम बा। रउआ जवन सिखावल गइल बा, ओकरा के मानत बानी। लेकिन, हमनी के बरिसन से जवन देखले बानी जा ओकरा पर विश्वास बा। राउर ज्ञान का कर सकेला? का एहसे लक्ष्मी मासी के बेटा वापस आ सकेला?" वज्रनाभ बोले लागेलें, बाकिर देवदुलाल उनकर हाथ पकड़ के फुसफुसा के कहेलें, “ना डाक्टर। कृपया रुक जाइए। रउरा त जानते बानी कि ई लोग निर्दोष बा। हम एकरा के दिल में नईखी लेत। आ रउरा भी ना करे के चाहीं।"

राधाकांत कहतारे कि, "ई दोष के खेल बंद क दिही। हम पुलिस के ए घटना के जानकारी देवे जात बानी।" लक्ष्मी कहेले, "पुलिस का करी? का ऊ ओह राक्षस से निबट के हमरा बेटा के वापस ले आ सकेले?" राधाकांत कहत बाड़न कि "शायद ऊ कर सकेली।"

लखन कहतारे, “ना मुखिया! हमनी के एह दुष्ट आत्मा के भगावे खातिर एगो तांत्रिक बोलावे के चाहीं। पुलिस खाली हमनी के मजाक उड़ाई आ अउरी कुछ ना।" गाँव के लोग लखन के साथ देले। राधाकांत के लगे तांत्रिक के बोलावे के अलावा कवनो चारा ना रहे, "ठीक बा! अगिला दिने गोपी पास के गाँव से एगो तांत्रिक लेके अइहें।"

7

तांत्रिक आ जाला

अगिला दिने गोपी एगो तांत्रिक के बोलावे खातिर दोसरा गाँव में जाले। कुछ घंटा बाद तांत्रिक बाबा बटुकनाथ के साथे आवेला। गाँव के सब लोग उनकर स्वागत कइल, “आ बाबा आ जा। कृपया हमनी के ओह बुरा आत्मा से मुक्त कर दीं।" लक्ष्मी बटुकनाथ के गोड़ पर गिर जाले अऊर कहेले, "बाबा, उ दुष्ट आत्मा हमरा बेटा के मार देले होई। कृपया ओकरा के कड़ा सजा दिही।" उनुका गोड़ पर कड़ुआ रोवेली।

बटुकनाथ कहतारे, "उठ, चिंता मत कर। कवनो आत्मा हमरा शक्ति के विरोध नईखे क सकत। सुजयनाथ भी नईखे।" सब गाँव के लोग तांत्रिक के तारीफ करेला। देवदुलाल आराम से नइखन। ऊ अपना मन में फुसफुसात कहत बाड़े, "ई गरीब आ गुलगुला गाँव के लोग के ई ना मालूम बा कि ई तांत्रिक झूठा जादूगर के अलावा कुछुओ ना ह। ऊ खाली ओह लोग के बेवकूफ बना के पइसा कमाए खातिर आइल बा। हमरा खातिर शर्म के बात बा कि हम ओ लोग के खिलाफ कुछ नईखी क सकत।" वज्रनाभ देवदुलाल के ओर देखले, "तू परेशान लउकत बाड़ू। चिंता मत कर। हमनी के ए समय का कर सकेनी जा? हमनी के बस उनुकर झूठा जादू के चाल देखे के बा।"

बटुकनाथ पुरनका घर के लगे पक्का सड़क पर जाला, जहाँ लखन के लक्ष्मी के बेटा के फाटल कपड़ा मिलल रहे। गाँव के सब लोग उनका पीछे-पीछे चलल। मौका प पहुंचते उहाँ आपन इंतजाम शुरू क देले अवुरी गांव के लोग के तनी दूर रहे के कहले।

༺༻

अब बटुकनाथ आपन प्रक्रिया शुरू कर देले। ऊ घर के सामने जमीन पर बइठ के चिल्ला के कहत बा, "अरे सुजयनाथ, हमरा मालूम बा कि तू अबहीं ले एह घर में बाड़ू। हम तोहरा के हमेशा खातिर एह जगह छोड़े के आदेश देत बानी।" ओह घर के भीतर से कुछ ना होला। आधा घंटा इंतजार कइला के बाद बटुकनाथ कहले, "लागता कि भूत हमार बात ना सुनी। खैर, तब तहरा के एह जगह से दूर राखे खातिर हमरा आपन शक्ति के इस्तेमाल करे के पड़ी।" उ आपन ध्यान शुरू कईले।

༺༻

कुछ देर बाद लखन के लगे आवे के कहलन, "ई कपड़ा के टुकड़ा एही हुक पर लटका द।" लखन कपड़ा ले के हुक पर लटका देला। अब बटुकनाथ लखन के अपना जगह पर लवटे के आदेश देला। कुछ देर बाद बटुकनाथ कपड़ा पर पाउडर उड़ा दिहले।

༺༻

गांव के सब लोग चौंक गईल बा अवुरी डेरा गईल बा। कपड़ा पर हाथ के जोड़ी के निशान उभर के सामने आवेला। बटुकनाथ तुरंत कपड़ा लेके एगो लकड़ी के डिब्बा में डाल के बक्सा बंद क देले। "अब भूत हमरा हाथ में बा।" बटुकनाथ बक्सा के ओर इशारा करत कहले, "देखीं हम का कहनी। एह दुनिया में कवनो भूत नइखे जवन हमरा से बच सके।"

सब गाँव के लोग बटुकनाथ के गोड़ पर गिर के कहलस, "धन्यवाद बाबा। तू हमनी के जान बचा लेले बाड़ू।" बटुकनाथ कहतारे, "उठ आ आपन जिनगी के मजा लीं।"

৩

लखन बटुकनाथ आके कुछ पइसा दे देला। "बाबा", लखन कहतारे, "कृपया इ बात मान लीही। हमनी के गांव के लोग इ पईसा बटोर लेले बानी। हमनी के इ पईसा आपके श्रद्धांजलि के रूप में दिहल चाहतानी।" बटुकनाथ पईसा लेके चल गईले। गांव के सब लोग अपना-अपना घर में चल गईले। राधाकांत, देवदुलाल आ वज़्रनाभ भी अपना-अपना जगह पर गइलें।

8

लापता होखल जारी बा - पुलिस इंस्पेक्टर के आगमन

कुछ दिन बीत जाला, अब गायब होखे के घटना ना होखे। गाँव के लोग के मानना बा कि भूत हमेशा खातिर खतम हो गइल बा। बाकिर एक दिन गाँव के दू गो लोग लापता हो जाला। राधाकांत कहतारे, "ई त सीमा ह। गांव के लोग फेर से गायब हो रहल बा। केहु इ अमानवीय काम करत बा। अब हम पुलिस में जात बानी। सुनले बानी कि थाना के एगो नया प्रभारी इंस्पेक्टर ताराचंद आईल बाड़े।" उ खुद गोपी के संगे थाना जाला।

गाँव के बाहरी इलाका में थाना बा। थाना पहुंचते राधाकांत पूछेले, "इंस्पेक्टर ताराचंद इहाँ बाड़े का? " "के बा?" ताराचंद केबिन के भीतर से पूछतारे। राधाकांत जवाब दिहलन, “हम राधाकांत, एह गाँव के मुखिया हईं। हमनी के गाँव में कुछ गड़बड़ हो रहल बा। हम तहरा मदद माँगे आइल बानी।" "ठीक बा! आ जा, भीतर आ जा।" ताराचंद कहतारे। राधाकांत आ गोपी ताराचंद के केबिन के भीतर चलत बाड़े। "कृपया बइठ

के कुछ देर इंतजार करीं जबले हम ई काम पूरा ना करब।", ताराचंद अपना हाथ में एगो फाइल के ओर इशारा करत कहत बाड़े।

एक-दू मिनट बाद ताराचंद अपना जूनियर स्टाफ के आवाज देले, "रणवीर!" "हँ सर", रणवीर आवेला। ताराचंद दस्तावेज उनुका के थमावत कहले, "हम देखले बानी। अब सबकुछ साफ हो गईल बा। अब रउआ एकरा के रिकॉर्ड में डाल सकेनी।" रणवीर दस्तावेज लेके वापस चल गईले। ताराचंद राधाकांत के ओर मुड़ के कहले, "हं मुखिया! का बात बा?"

राधाकांत कहतारे कि, "हमरा दुख बा कि हम आपके स्वागत ना क पवनी। आप अभी हमनी के गांव आईल बानी अवुरी हमनी के बिना स्वागत कईले मदद मंगले बानी।" ताराचंद जवाब देले, "हमनी के कर्तव्य ह। हमरा कवनो स्वागत के जरूरत नईखे। हम इहाँ आपन कर्तव्य निभावे आईल बानी। कृपया आपन समस्या बतावे में संकोच मत करीं।" राधाकांत कहतारे, "हमनी के गांव में बड़ समस्या बा। एक-एक क के तीन गांव के लोग अचानक गायब हो गईल बाड़े।" ताराचंद चौंक गईले, "अचानक गायब हो गईले! अयीसन कईसे संभव बा? कृपया घटना के विस्तार से बताई।" राधाकांत पूरा घटना के विस्तार से बखान कइले बाड़न।

ताराचंद कहत बाड़न कि "लोग गायब हो रहल बा आ हमरा के सूचित करे का बजाय रउरा कवनो बेवकूफ जादूगर के बोलावल बेहतर सोचनी।" राधाकांत कहतारे कि, "असल में दोष हमनी के बा। लेकिन, अब जवन भईल ओकरा प अफसोस कईला के कवनो फायदा नईखे।" "हँ, रउरा सही कहत बानी।", ताराचंद कहले, "हमनी के अउरी समय ना गँवावे के चाहीं।" ताराचंद जाग जाला अऊर अपना आदमी के जीप निकाले के

आदेश देला।

॥

राधाकांत आ गोपी के साथे ताराचंद आनंदपुर गाँव पहुंचले। ताराचंद राधाकांत से निहोरा कइलन, "कृपया सब गाँव के लोग के एकट्ठा कर लीं। हम सबके कुछ सवाल पूछल चाहत बानी।" राधाकांत गोपी के ओर से सबके बरगद के पेड़ के नीचे जुटे के हिदायत देले, कुछ देर बाद गांव के सब लोग बरगद के पेड़ के नीचे जुट गईले।

9
गाँव के लोग से पूछताछ

ताराचंद आपन परिचय दिहलन, "नमस्ते! हम आनंदपुर गाँव थाना के नए प्रभारी इंस्पेक्टर ताराचंद हईं। कुछ गाँव के लोग के अचानक गायब होखे के छानबीन कर रहल बानी। आगे के जांच खातिर हम रउआ सभे से कुछ सवाल पूछल चाहतानी।"

⚬⚬

"कवन सवाल?", लक्ष्मी कहत बाड़ी, "तू ओह दुष्ट आत्मा से कइसे निपटब? तू हमनी के मजाक उड़ावत बाड़ू।" लक्ष्मी रोवत बाड़ी। ताराचंद कहले, "कृपया समझे के कोशिश करीं। हम इहाँ राउर उदासी के मजाक नईखी उड़ावत। असली दोषी के खोजे खातिर हम इहाँ आइल बानी। एह दुनिया में कवनो भूत-प्रेत नइखे। निश्चित रूप से कुछ बड़हन साजिश चलत बा। हम एह साजिश के नाकाम करे खातिर आइल बानी। लेकिन, रउआ सभे के हमार कुछ सवाल के जवाब देके हमार मदद करे के पड़ी।" सब गाँव के लोग ताराचंद के समर्थन करे खातिर सहमत हो जाला।

⚬⚬

ताराचंद कहले कि, "हम मुखिया से बहुत जानकारी ले चुकल बानी, लेकिन कुछ सवाल अयीसन बा, जवना खाती हम हर गांव के लोग से जवाब चाहतानी। जदी हमार सवाल आपके परेशान करे त हमरा के माफ क दिही।" "रउरा कुछुओ पूछ सकेनी।", लक्ष्मी कहत बाड़ी, "हम ओह सब के जवाब देब।"

༺༻

ताराचंद पूछतारे, "का तोहार बेटा ए घटना से पहिले कबो ओ रास्ता से चलल बा?" लक्ष्मी कहत बाड़ी, "ना, ओह घर में भइल हादसा के बाद गाँव के लोग सड़क के पूरा तरह से बंद कर दिहले, ओह सड़क से केहू के ना जाए दिहल गइल।" ताराचंद पूछले, "जब तोहार लइका ओह रास्ता से गुजरत रहे त का ओकरा साथे केहू ना रहे?" लक्ष्मी कहत बाड़ी, "ना, उनुका लगे कुछ जरूरी काम रहे, जवना खातिर उ शहर जात रहले। एही से उ अकेले ओ रास्ता से चलत रहले। आ जबसे सड़क खुलल रहे तबसे दू दिन से कुछ ना भइल रहे, एह से उनका भरोसा रहे कि ऊ ठीक हो जइहें आ समय पर वापस आ जइहें। लेकिन अयीसन ना भईल।" लक्ष्मी रोवे लागेले।

༺༻

ताराचंद कहतारे, "ठीक बा! कृपया रोवल बंद कर दीं तोहरा के दुख पहुँचावे खातिर माफी चाहत बानी। हालांकि एगो सवाल अवुरी बा।" ताराचंद गाँव के बाकी लोग के ओर मुड़ के पूछले, "केहू लाश देखले बा? रउरा सभे के कइसे विश्वास भइल कि लक्ष्मी मासी के बेटा मर गइल बा?" लखन कहले कि, "हमनी के उनुकर लाश ना देखनी। लेकिन देखनी कि उनुकर कमीज खून से दाग लागल बा।" ताराचंद माधव के ओर मुड़ के कहतारे, "माधव! सुनले बानी कि रउआ भी डॉ. वज़णव के साथे ओह घर के बहुत नजदीक गईल रहनी। हालांकि रउआ आ डाक्टर सकुशल लवट अइनी।"

༺༻

माधव कहतारे कि, "ई सब भगवान के कृपा से हमनी के उहाँ से भागे में कामयाब भईनी। हम लगभग ओ घर के सोझा रहनी।" "का कहत बाड़ू डाक्टर?" ताराचंद पूछले। वज्रनाभ कहतारे कि, "हमरा भूत में बिल्कुल विश्वास नईखे। हम ओह घर में घुसे के चाहत रहनी। लेकिन, माधव वापस जाए के निहोरा करत रहले। त, हम वापस आ गईनी।"

ताराचंद कहले, "हमरा लागता कि फिलहाल इहे सब बा। हम कुछ लीड लेवे खाती इहाँ वापस आ जाईब। तब तक हमरा अपना नियमित काम के मुताबिक शहर में अपना मुख्यालय में जाके अवुरी पुलिस बल के तलाश करे के पड़ सकता, काहेंकी हमरा शक बा कि इहाँ कवनो बड़ साजिश चलता।"

10

एगो अउरी गायब बा

गाँव के लोग वापस अपना घरे चल जाला। अगिला दिने सबेरे लखन अचानक चिल्ला के कहले, “बिरजू लापता बा! बिरजू लापता बा!” गाँव के सब लोग घर से बाहर निकलल। राधाकांत भी घर से बाहर आके चिल्ला के कहले, “लखन! काहे अइसन चिल्लात बाड़?" "मुखिया! बिरजू लापता बा।", लखन बिरजू के कुल्हाड़ी लहरावत कहतारे, "ओह पक्का सड़क प पड़ल रहे।" "ई बिरजू के कुल्हाड़ी ह।", राधाकांत कहतारे।

देवदुलाल कहतारे कि, "ई त बहुत जादे बा। केतना लोग अयीसन गायब हो जईहे? सचमुच कुछ करे के बा।" राधाकांत कहतारे, "चिंता मत करीं। हम इंस्पेक्टर ताराचंद के बहुत बढ़िया से जानतानी। उ बहुत कुशल बाड़े। उ हमनी के समस्या से जरूर मुक्ति दिहे। एहसे उ शहर गईल बाड़े। हमरा अनुमान बा कि जब तक उ लोग वापस ना आई तब तक हमनी के कुछूओ ना हो पाई।" गांव के सब लोग मान गईल अवुरी वापस घरे चल गईल।

देवदुलाल भी अपना घरे लवट अइले। बाकिर ऊ बेहद बेचैन लउकत बाड़न, “गाँव के लोग के एक-एक क के गायब होखत देख के हमरा

बरदाश्त नइखे होखत। ई कवनो भूत, कवनो बेईमान आदमी भा शायद कवनो गिरोह के काम ना ह। हमरा कुछ सुराग खोजे जाए के पड़ी।"

देवदुलाल वज्रनाभ के घरे जाला, "डॉक्टर! भीतर बानी का?" "बाहर के बा?", वज्रनाभ भीतर से पूछत बाड़े। "हम देवदुलाल हईं", देवदुलाल कहतारे। वज्रनाभ घर से बाहर आके कहतारे, "का भईल देवदुलाल? भीतर आ जा।" देवदुलाल भीतर आके कहले, "हम ओह घर के जाँच करब." "लेकिन अबकी बेर?" वज्रनाभ पूछत बाड़े। देवदुलाल कहतारे, "काहे! भूत-प्रेत से भी डर लागेला?"

"ना! बिल्कुल ना।", वज्रनाभ कहतारे, "लेकिन, अकेले उहाँ गईल आत्महत्या होई। के जानत बा कि ओह घर में कवन-कवन राज छिपल बा।" देवदुलाल कहतारे कि, "हमनी के इहे पता चल जाई अवुरी अपना गांव के लोग के अपराधी से बचाईब, जवन कि अपना असली काम के छिपावे खाती भूत-प्रेत के कहानी फैलावतारे।"

वज्रनाभ कहतारे, "ठीक बा! हम तहरा संगे जाए खाती तैयार बानी।" वज्रनाभ देवदुलाल के साथे जाए के तइयारी करत बाड़े, माधव अचानक लउकत बाड़े, "डॉक्टर साहब, एह घरी कहाँ जात बाड़ू? जल्दिए अन्हार हो जाई।" "चिंता मत करऽ।", वज्रनाभ कहत बाड़े, "हम देवदुलाल के साथे ओह घर में जात बानी सच्चाई जाने खातिर।"

"ना डाक्टर।", माधव कहले, "उहाँ मत जाईं।" देवदुलाल कहतारे, "माधव, एतना डर काहें बा? हमनी के कुछूओ ना होई।" तब तक राधाकांत भी चर्चा में शामिल हो गईले, "माधव सही कहतारे।" "मुखिया, रउआ इहाँ बानी?", वज्रनाभ पूछत बाड़े।

৩

राधाकांत कहतारे कि, "हम इहाँ से गुजरत रहनी अवुरी आपके चर्चा सुनल बंद क देनी। अवुरी हम फेर कहतानी कि माधव सही कहतारे। आप दुनो लोग के ए समय उहाँ ना जाए के चाही।" देवदुलाल कहले, "मुखिया! एगो भूत, जेकर असल में अस्तित्व नइखे, गाँव के सब लोग के डेरा के रखले बा। अब हमरा बरदाश्त नइखे होखत। हमरा मालूम बा कि कवनो भूत नइखे। कृपया हमनी के उहाँ जाए दीं।"

৩

राधाकांत कहत बाड़न, "हमरो सहन नइखे होत। बाकिर, तबो, एह घरी ओहिजा गइल ठीक नइखे। रात के अन्हार ओह जगहा घना हो गइल बा। रउरा कल्पना ना कर सकीं कि ओहिजा रउरा कतना परेशानी के इंतजार बा। आ एकरा अलावे हम इंस्पेक्टर ताराचंद के मानत बानी। असली अपराधियन के पर्दाफाश जरूर करीहें। शहर से वापस आ जाए दीं। रउरा दुनु जने के चिंता मत करीं। हमार सुझाव बा कि तू वापस घरे चल जा।" देवदुलाल मान के वापस अपना घरे चल जाला।

৩

वज्रनाभ पूछत बाड़न, "मुखिया! ओह इंस्पेक्टर के बारे में रउरा अतना पक्का कइसे बानी?" राधाकांत जवाब देले, "जब हम पहिला बेर थाना में उनुका से मिलल रहनी त हम उनुका के बहुत नजदीक से देखले रहनी। त, उनुका बारे में हमरा पक्का विश्वास बा। रउआ भी पक्का बानी। हमरा अब घरे लवटे के बा। बहुत देर हो चुकल बा।" राधाकांत अपना घरे चल गईले।

11

देवदुलाल गायब बा

देवदुलाल अपना घरे लवट आवेला। लेकिन, उ बेचैन लउकत बाड़े। ऊ सोचेला कि "गाँव के लोग एक-एक क के गायब हो रहल बा, आ हम कवनो कार्रवाई नइखीं कर सकत। बस इंस्पेक्टर के इंतजार करे के बा। के जानत बा कि ऊ कब अइहें? ना, हमरा कुछ जरूर करे के पड़ी।"

देवदुलाल घर से बाहर आके सीधे पुरनका घर के ओर चल गईले। साथही चारो ओर नजर राखेला कि कहीं गाँव के कवनो आदमी ओकरा के पुरनका घर का ओर जात ना देखे आ ओकरा के रोक देव भा दोसरा गाँव के लोग के एह बारे में जानकारी दे देव। धीरे-धीरे उ पुरनका घर में पहुंच गईले।

देवदुलाल के अचानक घर के पीछे से कवनो तरह के हलचल देखाई देलस। ऊ तेजी से आ चुपचाप घर के पीछे भाग गइलन। लेकिन, उनुका उहाँ कुछ ना मिलल। तब ओकरा लागेला जइसे केहू ओकरा के पीछे से देखत होखे। उ जल्दी से चारों ओर देखलस लेकिन केहु ना मिलल।

अब देवदुलाल के पूरा भरोसा हो गइल बा कि एह घर में कुछ बहुते गंभीर हो रहल बा। ऊ सावधानी से चारो ओर देखलस आ घर के मुख्य दुआर के ओर बढ़ल। अचानक ओकरा लागेला कि मेन गेट से होके जाए में बुद्धिमानी ना होई। त, ऊ तय करेला कि पहिले घर के भीतर देखे के कोशिश करी। ऊ एगो खिड़की के लगे जाके भीतर देखे के कोशिश करेला। अचानक उनका एगो परछाई लगभग उनका ओर उड़त लउकल। ऊ भागे के कोशिश करेला।

लेकिन, एगो हाथ तेजी से ओकरा के पकड़ के घर के भीतर ले आवेला अवुरी फर्श प फेंक देवेला। देवदुलाल अपना के संभाल लिहले। ऊ परछाई कहत बा कि "तू कबो हमरा नियम के पालन ना करऽ। हम तोहरा सब के सजा देब।" "तू के हउवऽ?" देवदुलाल पूछत बाड़े। "हम सुजयनाथ हईं।", परछाई कहत बा। अचानक अउरी परछाई लउकत बा। अचानक कुछ अउरी परछाई लउकेला। "एह मास्टर के लेके एकरा के एगो आखिरी सबक दीं।", परछाई कहतारे। दोसर परछाई देवदुलाल के एगो कमरा में ले जाला। कुछ देर बाद सब कुछ शांत हो जाला।

अगिला दिने सबेरे एगो गाँव के आदमी राधाकांत के देवदुलाल के अचानक गायब होखे के जानकारी देला। खबर सुन के वज्रनाभ आ माधव भी राधाकांत के ओर आ गईले। माधव कहतारे कि, "हमरा मालूम रहे कि अयीसन होई। उ काल्ह सांझ के हमनी के लगे आईल रहले।" "हँ, ई साँच बा।", वज्रनाभ कहत बाड़न, "उ हमरा लगे आके कहले कि उनुका साथे घर के भीतर छिपल सच्चाई के पता लगावल जाव।" राधाकांत कहतारे, "उ का कईले? उनुका इंस्पेक्टर के इंतजार करे के चाहत रहे।"

12

इंस्पेक्टर ताराचंद लवटत बाड़े

अगिला दिने सबेरे इंस्पेक्टर ताराचंद अपना कार्यालय में लवट अइले। "हमरा खातिर इ बहुत थकाऊ काम रहे।", ताराचंद कहले, "रणवीर! का हमरा पीठ के पीछे कुछ गंभीर भईल बा?" रणवीर कहतारे, "सर, देवदुलाल, ओ गांव के हेड टीचर अवुरी कुछ अवुरी गांव के लोग लापता हो गईल बाड़े।" "का! " ताराचंद कहले, "हमरा एके बेर गाँव जाए के पड़ी।"

राधाकांत ताराचंद के स्वागत करत कहले, "आशा बा कि राउर सब तइयारी हो जाई।" "हँ", ताराचंद कहतारे, "हम एतना पुलिस बल के संगठित कईले बानी कि ए समस्या से निपटे के काम हो सके। बाकिर का सुननी? देवदुलाल भी गायब बाड़े?" “हँ”, राधाकांत कहले, “देवदुलाल गाँव के लोग के गायब होखे से बहुत चिंतित रहले। त, उ खुद सच्चाई के पता लगावे के चाहत रहले।" "अरे", ताराचंद कहले, "चिंता मत करऽ। अब, हम देखब कि ओह घर के भीतर का हो रहल बा। आशा बा कि देवदुलाल अउरी बाकी सब लापता गाँव के लोग अभी जिंदा बाड़े।"

ताराचंद पैदल चल के पुरनका घर में पहुँच जाला। उ चारो ओर देखलस त सब ठीक हो गईल। ऊ रणवीर के फोन करेला, "हेलो रणवीर! तोहरा खातिर एगो काम बा।" कुछ देर बाद ताराचंद फेर राधाकांत के लगे अइले, "चिंता मत करs। रणवीर के फोन कइनी। उ कुछ पुलिसकर्मी के लेके आवतारे। हमनी के इलाका में जाके जांच करब जा आ ओकरा बाद आपन रणनीति बनाइब जा। हमरा विश्वास बा कि घर के भीतर कुछ बड़ हो रहल बा। हमनी के बहुत सावधान रहे के होई।"

৩

कुछ देर बाद रणवीर कुछ पुलिसकर्मी के साथे आवेला। ताराचंद रणवीर के हिदायत देत बाड़े, "ठीक बा! अब हमरा साथे पुरनका घर में आवs।" राधाकांत कहेले, "हमनी के भी आवत बानी जा।" ताराचंद राधाकांत के रोकत कहले, "ना, ओ लोग के लगे जानलेवा हथियार होई। हम गांव के लोग के कवनो नुकसान नईखी चाहत। हम आपके अवुरी गांव के सभ लोग से निहोरा करतानी कि दूर रह के हमनी के इंतजार करीं।" ताराचंद अपना पार्टी के आगे बढ़े के आदेश देले। कुछ देर बाद उ राधाकांत के लगे आके ओकरा से कुछ कहेले। राधाकांत मानत बाड़े।

13

तराचंद गायब बा

ताराचंद आ उनकर टीम पुरान घर के ओर बढ़ रहल बा। कवनो अप्रत्याशित खतरा से निपटे खातिर ऊ लोग लगातार चारो ओर देखत रहेला। कुछ मिनट बाद उ लोग घर पहुंच गईले। ताराचंद सामने के मुख्य दरवाजा पर पहुँच के ओकरा के खोले के कोशिश करेला। अचानक घर के भीतर से एगो अजीब आवाज आवेला।

फेर, दरवाजा अइसे हिलल शुरू हो गइल जइसे केहू भीतर से दरवाजा पर धक्का देत होखे। ताराचंद रणवीर अवुरी तीन पुलिसकर्मी सूर्य, विक्रम अवुरी करण के आदेश देवेले कि उ उनुका संगे रहस अवुरी आपातकाल के स्थिति में बाकी पुलिस बल के कवर देवे खाती दूर रहस।

ताराचंद बड़ा जोर से सामने के दरवाजा खोलले। अचानक भीतर से सफेद पाउडर निकल के चारो ओर पसर गईल। अचानक उज्जर पाउडर के मोट कोहरा हर जगह पसर गईल। कुछ मिनट बाद कोहरा गायब हो जाला अवुरी पीछे खड़ा पुलिस बल के इंस्पेक्टर ताराचंद, रणवीर अवुरी तीनों पुलिसकर्मी के लापता देख के चौंक जाला। साथ ही सामने के दरवाजा पहिले निहन फेर से बंद हो जाला।

☙

कुछ पल के गहिराह चुप्पी। पुलिस बल उलझन में बा कि आगे का कइल जाव। घटना देख के राधाकांत उनका लगे चल जाला। "का भइल?", राधाकांत पूछले, "हमरा चारो ओर मोट उज्जर धुँआ देखाई पड़ल। ताराचंद कहाँ बाड़े?"

☙

"हमनी के भी हैरान बानी जा।", एगो पुलिस वाला कहता, "हम अभी मुख्य प्रवेश द्वार पर पहुँचल बानी जा। तब, सर हमनी के आदेश देत बाड़े कि जरूरत पड़ला पर कवर देवे खातिर पीछे रह जाईं। उ लोग गाड़ी लेके सामने के दरवाजा पर जाला। अचानक दरवाजा खुल जाला। तब सफेद धुँआ फइल जाला। जइसे-जइसे धुँआ साफ होखत जाला, हमनी के देखत बानी जा कि उ सब गायब हो गईल बा।"

☙

गांव के सब लोग डेरा गईल। माधव कहतारे, "अब हमनी के आखिरी उम्मीद चकनाचूर हो गईल बा। इंस्पेक्टर ताराचंद भी गायब हो गईल बाड़े। अब हमनी के ओ भूत के कोप से केहु नईखे बचा सकत।" माधव रोवे लगले। राधाकांत उनका के सांत्वना देत कहेले, "चिंता मत कर माधव। हम इंस्पेक्टर ताराचंद के बहुत बढ़िया से जानत बानी। उ आ उनकर टीम जरूर ठीक रही आ कवनो परेशानी से उबर जइहें। आ घर के भीतर सच्चाई के पता लगावे के कोशिश करीहे।"

☙

लखन आगे आके कहतारे, "ई त बस भावना ह, एहसे बेसी कुछ ना। अतीत में भी बहुत दुखद घटना भईल बा। अब, सबसे निमन बा कि ओ जगह से हमेशा खाती बच के आपन कच्चा सड़क के मरम्मत शुरू कईल जाए।" सब गाँव के लोग एक सुर में सहमत हो जाला। उ लोग निराश होके घरे लवट आवेले। ओकरा अब अगिला दिने सबेरे से बड़का काम

करे के बा। घर के बहरी तैनात पुलिसकर्मी अचानक मोर्चा से हमला करे खातिर आगे बढ़ जाले लेकिन, राधाकांत ओ लोग के अयीसन करे से रोक देले अवुरी कुछ बतावेले। एकरा बाद पुलिसकर्मी वापस चल गईले।

14
गाँव शोक में डूबल बा

अगिला दिने सबेरे गाँव के सब लोग राधाकांत के घर के सामने जुट गईले। "मुखिया! मुखिया!", लखन राधाकांत के आवाज देत बाड़े। राधाकांत निकलेला, "लखन का ह! गाँव के सब लोग इहाँ जुट गईल बा।" लखन कहतारे, "मुखिया! हम कच्चा सड़क के मरम्मत करे जात बानी। हम इहाँ आपके अनुमति लेवे आईल बानी।" राधाकांत एक पल सोच के मरम्मत के काम करे के राजी हो जाला।

༄

कुछ समय बाद वज्रनाभ राधाकांत के सोझा हाजिर होके कहले, "मुखिया! हमरा तहरा खातिर एगो निहोरा बा।" राधाकांत पूछतारे, "ऊ का ह डाक्टर साहब?" वज्रनाभ के कहनाम बा कि, "हमरा शहर में दवाई के कुछ ताजा स्टॉक लेवे के होई, काहेंकी डिस्पेंसरी में मौजूद स्टॉक अपर्याप्त बा।" "ठीक बा।", राधाकांत कहतारे, "ई भी एगो महत्वपूर्ण काम बा। हम तोहरा के ना रोकब। रउआ माधव के अपना साथे लेके मदद कर सकेनी।"

༄

वज़नाभ कहतारे, "धन्यवाद मुखिया! लेकिन, हमरा लागता कि माधव के इहाँ रह के बाकी गांव के लोग के संगे मरम्मत के काम में शामिल होखे दीं।" राधाकांत कहले, "जइसे मन करे डाक्टर साहब।" वज़नाभ शहर खातिर रवाना हो जाला।

༺༻

गाँव के सब लोग मरम्मत के काम शुरू कईले, लेकिन बहुत उत्साह से ना। उ लोग अभी भी आघात महसूस कर रहल बाड़े। लखन कहतारे कि, "कम समय में बहुत परेशानी भईल बा।" "तू सही कहत बाड़ू भाई।" मोहन कहतारे कि, "हमनी के अब बुरा समय से गुजरत बानी जा।" माधव कहतारे, "हमनी के आपन मास्टर के बात ना सुने के चाहत रहे। देख अब का भईल। उ खुद भूत के चंगुल में बाड़े।"

༺༻

ओहिजा से गुजरत राधाकांत ओह लोग के बतकही सुन के कठोरता से टोक देत बाइन, "रउरा सभे अबहियों एह दुखद घटना खातिर देवदुलाल के दोषी ठहरावत बानी। काहे ना लागत बा कि ऊ एह गाँव में अकेला शिक्षक हउवन आ 15 साल से स्कूल चलावत बाड़े? रउरा ई ना भुलाए के चाहीं कि ऊ भी एह गाँव के हिस्सा ह आ हमनी के भी ओह के चिंता करे के चाहीं।"

༺༻

"हम माफी चाहत बानी मुखिया!", लखन कहतारे। "ठीक बा। अब, हम आपन काम जारी रखब।", राधाकांत कहतारे। गाँव के लोग मरम्मत के काम जारी रखले।

15
पुरान घर के भीतर

गांव के लोग कच्चा सड़क के मरम्मत में लागल बाड़े। अंत में उ तय कईले कि अब कबो पुरान घर के नजदीक ना जाई। अब उ लोग आपन दिनचर्या पहिले निहन जारी राखीहे। अब ओह घर में फेर से भूत-प्रेत के माहौल लउकी।

❦

घर के भीतर ताराचंद अऊर उनकर आदमी जाग जाला त अपना के पूरा तरह से बंद कमरा में बान्हल पावेला। ऊ लोग चौंक गइल आ मन ही मन फुसफुसा के कहलस, "ई कइसे भइल!" तब ताराचंद के याद आ गईल कि कइसे उ मेन गेट से घर में घुसे के कोशिश करत रहले। आ, अचानक भीतर से सफेद धुँआ निकलल। ओकरा कुछ समझे से पहिले ओकरा माथा के पीठ प कुछ गिर गईल अवुरी उ बेहोश हो गईले। आ अब ऊ लोग अइसहीं हो गइल बा।

❦

ताराचंद अपना आदमी से फुसफुसा के कहले, "अब त ई तय बा कि ई परछाई ना ह, बलुक भूत के रूप धारण करे वाला अपराधियन के समूह ह।" रणवीर कहतारे, "हँ सर, एही से हमनी के माथा प मार के अईसन बान्ह देले।" ताराचंद कहले कि, "ठीक बा। आ अब, हमनी के ए मास्क

के पीछे असली चेहरा खोजे के होई।"

करण कहत बाड़े, "कतना राहत मिलल बा! ई कवनो असली भूत ना ह।" सूर्य कहतारे, "अगर उ लोग असली भूत रहित त का होईत?" करण कहतारे, "तू अयीसन काहें कहतारे? हमार बियाह तक नईखे भईल।" ताराचंद टोकले, "ई सब बकवास बंद करऽ। अइसन सगरी नखरा खातिर पर्याप्त समय मिल जाई।"

"लेकिन सर, हमनी के एह बंधन से कइसे छुटकारा पाईब जा?", विक्रम पूछतारे। सूर्य कहत बाड़ी कि "जबले हमनी का एह बंधन से बाहर ना निकलब जा तबले हमनी का कुछ ना कर सकीं जा।" "हँ, ई त बड़ समस्या बा।", ताराचंद चारों ओर देखत कहतारे। अचानक ओकरा लगे एगो तेज वस्तु पड़ल लउकेला।

ताराचंद ओह वस्तु के गोड़ से उठा लिहले। फेर, ऊ ओह वस्तु के अपना हाथ के ओर झटका दिहले। अंत में ताराचंद ओह वस्तु के हाथ में लेके रस्सी काटे के कोशिश करेला। कुछ ही मिनट में ताराचंद अपना अवुरी अपना आदमी के बेड़ी से सफलतापूर्वक मुक्त क लेले।

"हमनी के सब केहू के तुरंत एह जगह से निकले के चाहीं।", सूर्य कहले। करण कहेले, "हँ! आ हमनी के पुलिस बल बाहर हमनी के इंतजार करत रही। लेकिन, हमरा त लागता कि अभी तक उ लोग घर प हमला काहे नईखन कईले।" ताराचंद ओ लोग के रोक के कहतारे कि, "बाहर कवनो पुलिस बल हमनी के इंतजार में नईखे। उ सब वापस चल गईल बाड़े।"

इ बात सुन के तीनों लोग अचरज में पड़ गईले। करण पूछतारे, "काहे सर? का उ भूत-प्रेत से डेरात रहले?" ताराचंद कहतारे, "ना! मुखिया के माध्यम से हम पुलिस बल के वापस जाके आगे के निर्देश के इंतजार करे के आदेश दे चुकल रहनी काहेकी हमरा मालूम रहे कि अयीसन होई।" सूर्य पूछेले, "लेकिन सर, अब का करब?"

ताराचंद कहले कि, "हमार एगो अलग योजना बा। बस रणवीर के बाहर निकले दीं। बाकी लोग के इहाँ होखे के चाही अवुरी ए अपराधी के असली मकसद के पता लगावे के चाही।" ताराचंद रणवीर के आपन योजना बतावत कहले, "रउरा ई सुनिश्चित करे के पड़ी कि अब गाँव के लोग के सोझा ना हाजिर होखऽ। राधाकांत के लगे जाके आपन काम करे के हिदायत देबे के पड़ी।"

रणवीर कहतारे, "लेकिन सर, हम ताला वाला कमरा में बानी। हम इहाँ से कइसे निकलब?" चारो ओर देखत ताराचंद कहतारे, "देखऽ।" ओकरा सामने के देवाल में एगो बंद खिड़की लउकेला। ऊ खिड़की के लगे जाके ओकरा के खोले के कोशिश करेला। लेकिन, उ खिड़की नईखन खोल सकत। त ताराचंद खिड़की के एगो छोट छेद से बाहर देखे के कोशिश करेला। देखत बा कि जवना कमरा में ऊ लोग राखल बा ऊ घर के सामने वाला दरवाजा के बगल में बा. आ खिड़की से घर के सामने खुल जाला।

ताराचंद कहतारे, "बहुत बढ़िया। हम घर के सामने बानी।" रणवीर कहतारे, "त का हम ई खिड़की तूड़ के एह घर से निकल जाईं?" ताराचंद कहत बाड़े, "ना! ई परछाई लोग बाहर खास कर के आगे के नजर राखत होई। ओह लोग के नजर में आवल ठीक नइखे।" अचानक ओकरा पीछे के देवाल के ऊपर एगो छेद लउकत बा, जवन एतना बड़ बा कि आदमी गुजर सकेला। ताराचंद एगो स्टूल पर खड़ा होके, जवन एक तरफ रखल

रहे, आ छेद से बाहर देखे के कोशिश कइलस।

☙

छेद से ओकरा घर के पीछे के हिस्सा लउकेला जवन एगो परित्यक्त खेत के जमीन पर खुलेला जवन झाड़ी के उगला के चलते भूत निहन रूप देखावेला। ताराचंद तुरंत रणवीर के ओह छेद से घर के पीछे के ओर निकले के आदेश देले। लेकिन, ओकरा से पहिले ताराचंद रणवीर के अपना योजना में कुछ बदलाव के जानकारी देवेले।

16
ताराचंद के योजना के क्रियान्वयन

~~~

रणवीर छेद से घर के पीछे के ओर भागे में कामयाब हो जाला। पीछे के हिस्सा एगो भूत-प्रेत निहन परित्यक्त खेत के ओर खुलेला। रणवीर ऊँच झाड़ी के बीच से लुका के बाहर निकल जाला ताकि केहू ओकरा के ना देख सके। रणबीर झाड़-झंखाड़ के पार क के गाँव के पास पहुंच गईले। आगे बढ़त-बढ़त अचानक ओकरा पास में एगो गाँव के आदमी देखाई देलस। रणवीर के इयाद बा कि ताराचंद उनुका के हिदायत देले रहले कि गांव के लोग के सोझा कवनो बात के खुलासा मत करीं।

~~~

रणवीर के नजर पड़ेला कि गाँव के आदमी से भागे के दोसर कवनो रास्ता नइखे। तब उनका मन में एगो योजना। ऊ जाके गाँववाला के लगे एगो ऊँच झाड़ी के लगे बइठ गइलन। ऊ ओकरा के हिला के अजीब-अजीब भूत-प्रेत नियर आवाज निकाले लागेला। गांव के आदमी अचानक चारों ओर देखलस अवुरी कुछ देर बाद भाग गईल।

~~~

रणवीर के भागे के मौका मिल जाला अऊर ऊ राधाकांत के घर के पीछे के ओर भाग जाला। बाकिर घर में घुसे वाला रहले कि गाँव के आदमी घर के सामने हाथ बढ़ा के राधाकांत के आवाज दिहले, "मुखिया! मुखिया!" गाँववाला के तेज आवाज राधाकांत के एक पल खातिर स्तब्ध कर दिहलस। उ जल्दी से बाहर निकल के कहले, "का भईल? काहे एतना डेरा गइल बाड़ू?" "मुखिया!", गाँव वाला कहता, "भूत अबहियों पुरनका घर में आ चारों ओर भटकत बा।" राधाकांत डांटत बाड़े, "का बात करत बाड़ू?"

॰⁀৹

गाँववाला कहता, "हं मुखिया! हम पुरनका घर से तनी दूर खड़ा रहनी। अचानक हमरा लगे एगो ऊँच झाड़ी हिलावे लागल त फेर झाड़ी से कुछ अजीबोगरीब आवाज सुनाई देलस। मुखिया! भूत आजुओ बा। कुछ करऽ।" राधाकांत सोचले, "घर से कवनो अपराधी निकलल होई। इ बहुत गंभीर हो सकता काहेकी केहु के नईखे मालूम कि उ का करीहे। हमरा उहाँ जाए के बा।"

॰⁀৹

राधाकांत कहतारे, "तनी देर इहाँ खड़ा हो जा। हम तहरा संगे जात बानी।" राधाकांत अंदर घुस के गाँव वाला के साथे निकले के तैयारी करेला। अचानक उनका घर के पीछे के खिड़की के लगे रणवीर के दर्शन होला। ऊ खिड़की खोल के रणवीर के भीतर आए देला।

॰⁀৹

राधाकांत कहतारे, "ई रणवीर बाबू का ह? हमरा घर के पीछे का करत रहलू? आ ताराचंद के संगे पुरनका घर में रहलू, कईसे बहरी आईल?" रणवीर कहतारे, "हम त सब बता देब। लेकिन पहिले बहरी खड़ा गांव के आदमी प काबू राखी, ना त उ सभ गांव के लोग के ए घटना के बारे में सचेत क दिहे।"

॰⁀৹

राधाकांत कहतारे, "लेकिन, घर से कवनो अपराधी निकलल होई अवुरी हमनी के ओकरा के रोके के चाही।" "ना, इ कवनो असली घटना नईखे।", रणवीर कहले, "हम आपके भरोसा दिआवत बानी कि ए घटना में चिंता करे के कवनो गंभीर बात नईखे।"

৩

राधाकांत गाँववाला के लगे निकल के कहेले, "देखs, हमरा नइखे लागत कि अब हमनी के कवनो कार्रवाई करे के चाहीं। हम पूरा बात पर विचार करीं। तब, हम हर गाँव के लोग के निर्देश देब कि का करे के बा। तब तक रउआ घरे जाके आराम कर सकेनी।" गाँव के आदमी चल गईल।

৩

राधाकांत वापस भीतर आ जाला। रणवीर ओकरा के बतावेला कि ऊ कइसे आ काहे गाँव के लोग खातिर दहशत पैदा कइलस आ बतावेला कि ताराचंद के योजना का बा। राधाकांत के कहना बा कि "अब हमरा पूरा भरोसा बा कि ताराचंद एह रहस्य के उजागर जरूर करीहें आ दोषियन के असली चेहरा सामने ले अइहें।"

৩

एही बीच ताराचंद अवुरी उनुकर टीम अभी तक पुरान घर के भीतर ताला लागल कमरा में बाड़े। सूर्य कहतारे, "सर, रणवीर अभी तक मुखिया के घरे पहुंच गईल होईहे अवुरी उनुकर योजना उनुका के समझा देले होईहे।" ताराचंद कहत बाड़न कि "हँ, ऊ ओहिजा पहुँच गइल होखी।" करण कहतारे, "त अब का करब सर? का हमनी के एह कमरा से बाहर निकल के ई घर देखब जा?"

৩

ताराचंद एकर विरोध करत कहले कि, "ना, हमनी के अब कार्रवाई ना करे के चाही। हम रणवीर के पहिलही हिदायत दे देले बानी कि उ हमार योजना के निष्पादित करस। पहिले उहे करस। तब हमनी के जांच करे

खाती पर्याप्त समय मिली। हमनी के बस अपना के तैयार करे के होई। जईसे कि रणवीर आपन भूमिका निभावतारे, हमनी के एक-एक क के ए तथाकथित भूत के पकड़े के बा।"

༄

सूर्य पूछेले, "लेकिन राउर योजना का रहे मलिकार? रणवीर कवन खास काम करे जा रहल बाड़े?" ताराचंद कहतारे, "ओह बात के चिंता मत करीं। समय आई त सब कुछ पता चल जाई।" करण कहतारे, "लेकिन रणवीर कबो फेल हो गईले त का होई?" "उ फेल ना होईहे।", ताराचंद कहत बाड़न, "रणवीर एगो प्रशिक्षित अधिकारी हउवें। हम ओकरा के बढ़िया से देखले बानी अवुरी उनुका प पूरा भरोसा बा।"

༄

विक्रम कहतारे कि, "एक सवाल अवुरी सर।" "ऊ का ह?", ताराचंद पूछत बाड़े। विक्रम कहतारे कि, "आप सिर्फ ए अपराधी के पकड़े के बात करतानी। बाकिर देवदुलाल आ अउरी गाँव के लोग के का कहल जाव? हमनी के ओ लोग के ए अपराधी से मुक्त करे के होई।" ताराचंद कहले कि "हमनी के नईखी जानत कि गाँव के लोग के कहाँ राखल गईल बा। लेकिन, हम पक्का कह सकत बानी कि जगह एह घर में बा।" सूर्य पूछतारी, "सर, रउरा कवनो गुप्त कमरा बा कि बंकर से मतलब?"

༄

"हँ!", ताराचंद कहत बाड़े, "शायद। काहे कि बड़का घर में हमेशा कुछ ना कुछ राज रहेला। आ इहाँ भी इहे हो सकेला।" सूर्य कहत बाड़ी, "तब सर, अब हमनी के ओह के खोज करे के बा।" "ना!", ताराचंद कहतारे, "एक बेर हमनी के ए घर प पूरा नियंत्रण मिल गईला के बाद हमनी के लगे जांच करे खाती पर्याप्त समय हो जाई। हमनी के पहिला प्राथमिकता मासूम गांव के लोग के सुरक्षा होखे के चाही। कवनो कार्रवाई से ओ मासूम गांव के लोग परेशानी में पड़ सकता।"

༄

विक्रम कहतारे, "आ देवदुलाल के का हाल बा सर?" ताराचंद कहतारे कि, "उ अपना दम प निकल जईहे। एकरा खाती हमनी के कुछ खास करे के जरूरत नईखे।" "का मतलब बा सर?", करण कहतारे, "का देवदुलाल शामिल बाड़े?" ताराचंद कहत बाड़न कि "पहिले जवन कहले रहीं करण। रउरा सभे के सही समय पर सबकुछ पता चल जाई।"

17

बाबा मृदंग के जादू

ताराचंद आ उनकर आदमी अबहीं ले रणवीर के आपन योजना के निष्पादन के इंतजार करत बाड़े त बहरी एगो अलग तरह के सीन इंतजार करत बा। अगिला दिने एगो तांत्रिक अपना चेला लोग के साथे गाँव में आवेला। पंचायत बईठल पुरनका बरगद के पेड़ के लगे जुट गईले। फेर तांत्रिक चिल्ला के कहलस, "अब से गाँव के लोग के ओह भूत से डेराए के जरूरत नइखे। हम बाबा मृदांग हईं। हमरा लगे हर भूत के उपाय बा।" राधाकांत अचानक घर से बाहर निकल जाला। सब गाँव के लोग भी बरगद के पेड़ के पास जमा हो जाला।

राधाकांत कहतारे, "ई सब तमाशा का ह? तू के हउ?" "उ बाबा मृदांग हवे।", बाबा के एगो चेला कहतारे, "आ रउआ से निहोरा बा कि जीभ पर काबू राखीं। ना त बाबा में एतना आध्यात्मिक शक्ति बा कि उ कुछ ही समय में सब कुछ नष्ट क सकतारे।"

एह से राधाकांत अउरी नाराज हो जाला। बाबा मृदंग कहले, "शांत हो जा! हम ऊ तांत्रिक ना हईं जे पहिले एहिजा आके अपना झूठ से तोहरा आ गाँव के लोग के ठकत रहीं।" "बाबा बटुकनाथ के बारे में जानत बाड़ू?"

माधव पूछत बाड़े। बाबा मृदंग कहले, "हमरा सब बात मालूम बा। रउआ सभे के दुख बा काहे कि रउआ सभे के कच्चा सड़क ओ दुष्ट भूत से बिगाड़ गईल बा। बहुत गांव के लोग लापता हो गईल बा। रउआ सभे अब निराशा में जी रहल बानी। लेकिन, रउरा चिंता करे के जरूरत नइखे। हम अब राउर समस्या के समाधान करे, ओह राक्षसन के भगावे आ राउर जीवन में सुख वापस ले आवे खातिर आइल बानी।"

बाबा मृदांग के बात से राधाकांत अबहियों संतुष्ट ना रहले। ऊ आपत्ति करे के कोशिश करेला बाकिर, गाँव के लोग कहेला कि ऊ लोग बाबा मृदंग के आपन काम करे दिहल चाहत बा। माधव कहतारे, “मुखिया! बहुत गाँव के लोग लापता बा। हमनी के एगो झूठा जादूगर के मदद लेले बानी जा। बाकिर राउर इंस्पेक्टर का भलाई कइले? उहो बाकी लोग निहन गायब हो गईले। अब ई बाबा भी आपन काम करे दीं।" राधाकांत आखिर मान गइलन आ बाबा मृदंगा के आपन काम करे के अनुमति दे दिहलन।

बाबा मृदंग आ उनकर चेला लोग पुरान घर के ओर चल जाला। राधाकांत आ गाँव के सब लोग उनका पीछे-पीछे चलेला। घर के नजदीक आवत घरी बाबा मृदांग गाँव के लोग के कुछ दूर रुके के आदेश देले अवुरी उहाँ से बाबा अवुरी उनुकर चेला घर के नजदीक पहुंचले।

घर के लगे पहुँच के ऊ जोर से चिल्ला के कहले, “हे सुजयनाथ! तइयार हो जाइए हम तहरा के इहाँ से ले जाए आइल बानी। ई रउरा खातिर एगो आखिरी चेतावनी बा। या त खुदे हिला दीं, ना त हम अपना खास शक्ति के इस्तेमाल करब, जवना के रउरा कवनो जानकारी नइखे।"

कुछ देर बाद बाबा अपना एगो चेला के हिदायत दे दिहलन कि ओकरा खातिर बईठे के इंतजाम कर लेव। बईठला के बाद बाबा सामने रखल कटोरी में एगो खास देखाई देवे वाली गुड़िया प कुछ पानी छिड़क देले। जइसे-जइसे पानी छिड़कल जाला, गुड़िया आग लागेले अवुरी आग पैदा करेले। तब बाबा अलग-अलग प्रकार के मंत्र के जप करे लागेले।

༺༻

इ देख के गांव के सब लोग एक पल खातिर स्तब्ध रह गईले। माधव कहतारे, "ई कईसे संभव बा? पानी से आग पैदा भईल!" लखन माधव के रोकत बाड़े, "चुप रहs आ बाबा के जवन करत बाड़े ओकरा पर ध्यान देबे दीं। ओकरा के परेशान मत करs।"

༺༻

एने पुरनका घर के भीतर परछाई सब ड्रामा के खुलत देख रहल बा। एगो परछाई कहत बा कि "अरे! ई लोग कवनो तरह के गतिविधि खातिर हमेशा तइयार रहेला।" एगो अउरी परछाई कहत बा, "हँ! एकरा से पहिले भी उनुका संगे एगो तांत्रिक रहे। आ अबकी बेर भी। ई गाँव के लोग अपना अतीत से कवनो सबक ना लेत बा। इहाँ इनकर मौजूदगी हमनी के काम में बाधा डाल रहल बा। का होई अगर हमनी के सब केहू बाहर निकल के ओह लोग के डेरवा देब जा कि सपना में भी अयीसन काम करे के हिम्मत ना होखे।" सब परछाई मान गईले अवुरी बाहर निकले के तैयारी करे लगले।

༺༻

अचानक एगो कठोर आवाज ओह लोग से कहलस, "तू सब रुक जाइबs।" परछाई मुड़ के देखत बा कि जवना दिशा से आवाज आइल रहे ओही दिशा में एगो अउरी परछाई खड़ा बा। "लेकिन सुजयनाथ, इ लोग हमनी के काम में बाधा डालतारे। जब तक इ लोग ना जाई तब तक हमनी के आपन काम नईखी क सकत।", एगो परछाई कहता।

༺༻

सुजयनाथ कहले, "हमरा मालूम बा। लेकिन, रउआ इ नईखी जानत कि उ लोग हमनी से बहुत जादे बाड़े अवुरी ओ बाबा के संगे बाड़े, जवन कि अपना काम से गांव के लोग के दिमाग से हमनी के डर दूर क रहल बाड़े। अगर हमनी के सब केहू बाहर निकलब जा त उ लोग कबो भी हमनी के पकड़े के कोशिश कर सकेला। आ अगर ऊ लोग हमनी में से एक आदमी के भी पकड़ लेव त हमनी के हकीकत ओह लोग के सामने खुल जाई आ तब हमनी के भाग ना पइब जा।" सब परछाई सुजयनाथ के बात से सहमत होके बस पूरा ड्रामा देखे।

∽

घर के बहरी होखत घटना के बारे में ताराचंद अवुरी उनुकर आदमी के भी जानकारी बा। करण कहतारे कि, "गांव के लोग कवनो अवुरी तांत्रिक लेके आईल होई, जवन कि ए मासूम लोग के पहिले निहन बेवकूफ बना दिही।" विक्रम कहत बाड़न कि, "अगर हमरा भागे के मौका मिल जाव त बाद में एह भूतन के पकड़ लेब। बाकिर, पहिले त हम एह झूठा जादूगरन के कबो ना बख्शब, जे आम लोग के मजाक उड़ावेलें।"

∽

ताराचंद ओह लोग के समझावत कहले, "तू सब शांत बाड़ू। के जाने समय हमनी खातिर का रखले बा। शायद कुछ असामान्य हो जाई आ हो सकेला कि हमनी के जवन मौका खोजत बानी जा उ मौका मिल जाव।" सूर्य, करण आ विक्रम चौंक गईले लेकिन कुछ ना बोलले।

∽

पुरान घर के बहरी बाबा मृदंग के जयकारा जारी बा। एही बीच ऊ अपना चेलन के आपन काम करे के संकेत देला। उनकर चेला एगो बड़हन बैग निकालले आ ओहमें से कई गो एगो अजीब गोला जइसन चीज निकाल लिहले। अपना बेचैनी पर काबू ना पावे वाला राधाकांत एगो शिष्य से पूछत बाड़न कि "का ईहे खींचले बाड़ू?"

☙

चेला कहतारे, "ई जादुई हथियार ह। ई बहुते ताकतवर बा। बाबा खुदे ई हथियार अपना खास शक्ति से बनवले बाड़न आ एही से ई एह जगह से भूत-प्रेत के भगावे में कारगर होखी। अब रउआ सभे कृपया एह जगह से तनी दूर खड़ा हो जाईं।" गाँव के सब लोग पुरनका घर से हटे लागल।

☙

बाबा मृदंग के सीट के सामने से शुरू होके जहाँ एगो खास देखाई देवे वाला छोट वाद्ययंत्र रखल बा, चेला लोग एक-एक करके घर के चारों ओर सब हथियार के एगो खास रस्सी से बांध देले। कुछ समय बाद चेला लोग आपन काम पूरा क लिहले।

☙

चेला लोग के काम खतम भइला के बाद अचानक बाबा मृदंगा अपना सीट से उठ के चिल्ला के कहले, "हे सुजयनाथ! अब रउरा अपना पुरखा लोग के याद कर सकेनी। अब हम तोहरा के एह घर आ एह गाँव से भगा देब।" फेर, ऊ आसमान के ओर देखलस आ चिल्ला के कहलस, "हे हमार प्रिय गुरु! अब हम एह भूतन पर आपन आखिरी हमला करे जा रहल बानी। आशीर्वाद दीं, हमरा के ताकत दीं।"

☙

ताराचंद घर के बहरी सभ गतिविधि के निगरानी करेले। अचानक बाबा मृदंगा के तेज आवाज सुन के उ तुरंत जेब से कई गो मास्क निकाल के अपना आदमी के इ मास्क पहिरे के आदेश देले। करण पूछेला, "सर, अचानक ई मास्क कहाँ से मिलल?" "चुप रहऽ आ तुरते ई मास्क लगा दऽ। विवरण बाद में बताइब।", ताराचंद निर्देश दिहले। सब लोग मास्क लगाई।

☙

अब घर के बहरी बाबा मृदांग अचानक एगो दोसर मंत्र जप के आपन दाहिना गोड़ उठा के सामने रखल यंत्र के जोर से दबा दिहले। कुछ ही देर में घर के आसपास राखल सब हथियार फट गईल अवुरी मोट सफेद धुआं निकले लागल। सेकेंड के बात में; पूरा घर धुँआ से भरल रहे।

18

ताराचंद के कार्रवाई

कुछ ही देर में ताराचंद आ उनकर टीम के रखल कमरा में घनघोर धुँआ भर गइल। ताराचंद कहतारे, "अब समय आ गईल बा। हमनी के दरवाजा तोड़ के एक-एक क के तथाकथित छाया के कैद करे के होई। हालांकि हम रउआ सभे के चेतावत बानी कि जब तक हम रउआ के निर्देश ना देब तब तक मास्क मत हटाईं।"

ताराचंद आ उनकर आदमी दरवाजा तूड़ देले। दरवाजा खटखटावे के तेज आवाज से कुछ परछाई के सचेत हो गईल। उ लोग कमरा के ओर भागत बाड़े। लेकिन, घन धुँआ उ लोग के बेहोश क देवेला। ताराचंद ओह लोग के देख के अपना आदमी के आदेश देला कि ऊ लोग एह परछाई के तुरते गिरफ्तार कर लेव। बाकी परछाई अचरज से इधर-उधर भागल, "ई का ह? ई धुँआ कहां से आवत बा?" एक-एक करके सब परछाई बेहोश हो गइल। ताराचंद घर के तलाशी लिहली आ परछाई देख के पकड़ लिहली।

एक-एक करके ताराचंद आ उनकर आदमी सब परछाई पर कब्जा कर लिहले। अब ताराचंद कहतारे, "विक्रम, सूर्य अवुरी करण! एक संगे बांध द। हम अब आईब।" सूर्य, करण आ विक्रम एगो लमहर रस्सी निकाल

के अपराधियन के एक संगे बान्ह देले।

॰॰॰

एही बीच ताराचंद एगो टॉर्च निकाल के एगो खिड़की पर जाला जहाँ से बाबा मृदंग आ गाँव के सब लोग के देखाई देला। बाबा मृदंग के चेहरा पर टॉर्च के रोशनी चमकावेला। राधाकांत के ई घटना देखे के मिलेला। माधव के भी इहे लउकत बा।

॰॰॰

माधव कहेले, "ओने देखऽ, शायद कवनो भूत बाबा पर आपन शक्ति के इस्तेमाल कर रहल बा। हमनी के अब इहाँ से भाग जाए के चाहीं। बाबा के काम से भूत परेशान हो सकेला। उ लोग हमनी में से केहू के ना छोड़िहे।" गांव के सब लोग भागे के तैयारी करे लागल। लेकिन, राधाकांत ओ लोग के रोक के कहले, "अतना डर काहें बा? कुछुओ गलत ना होई।"

॰॰॰

राधाकांत बाबा मृदंग के लगे जाके मंद मंद पुछले, "ई कइसन निशानी ह?" बाबा मृदंग कहतारे कि, "इहे संकेत बा कि दूसरा चरण के काम शुरू हो जाई। अब बाबा मृदंग के जाए के बा अवुरी रणवीर के वापस आवे के बा।" एतना कह के रणवीर बाबा मृदंग के नकाब उतार देले अवुरी ओइसहीं पुलिस चेला के भेस में।

॰॰॰

गांव के सब लोग चौंक जाला। माधव कहतारे, "का! तू ही हउअ रणवीर बाबू?" "हँ", रणवीर कहत बाड़े। राधाकांत के चेहरा पर एगो छोट मुस्कान, जवन माधव देख के चौंक जाला, लेकिन अब ना पूछे के फैसला करेला। रणवीर तुरते वायरलेस निकाल के कहले, "जल्दी आ जा, पोजीशन ले लीं।"

॰॰॰

कुछ देर में पुलिस के कई गो गाड़ी मौका प पहुंचल अवुरी भारी पुलिस बल बाहर निकल गईल। उ लोग जल्दी-जल्दी घर के चारो ओर से घेर लिहले। गांव के लोग एकदम सदमा में बाड़े अवुरी चेहरा प डर के भाव देखाई देता। हालांकि उ लोग संतुष्ट बाड़े कि ताराचंद अवुरी रणवीर स्थिति के कुशलता से संभालतारे। मोहन माधव के ओर देखत पूछतारे, "अरे! काहे मुंह खुला रखले बाड़ू?" माधव कहत बाड़न कि "हमरा त अतना हैरानी हो गइल बा कि हम मुँह बंद नइखीं कर पावत।"

रणवीर एगो टॉर्च लेके ताराचंद पर चमका देला। ताराचंद टॉर्च बंद क के अपना आदमी के ओर बढ़ गईले। ऊ कहत बाड़न कि "सूर्य, करण आ विक्रम! अब एह अपराधियन के जल्दीए पुलिस बल के हवाले कर दिहल जाव।" सूर्य कहेले, "सर, हमनी के त इहो ना मालूम रहे कि रणवीर बाबा मृदंग के भेस में बाड़े।" ताराचंद कहले कि, "ई सभ बतावे खाती बहुत समय रहित। लेकिन, अब समय नईखे। हमनी के अवुरी काम बा।"

सूर्य, करण अवुरी विक्रम एक-एक अपराधी के पुलिस के सौंप देले। आखिर में ताराचंद आ उनकर आदमी घर से बाहर निकलल। बाहर अइला के बाद ऊ कुछ पुलिसकर्मी लोग के आदेश देला कि ऊ लोग घर के भीतर खोजबीन करस ताकि अउरी भूत पकड़ल जा सके जवन शायद इहाँ-उहाँ बेहोश पड़ल होखे।

19

सुजयनाथ के चुनौती

ताराचंद अऊर उनकर टीम घर के पीछे आगे बढ़े के तइयारी करेला। लेकिन, अचानक, देवदुलाल के बंधक बना के सुजयनाथ ओ लोग के सोझा हाजिर हो जाला। ताराचंद चुपचाप विक्रम से कहले, "देखीं हम का कहनी। देवदुलाल अपने आप निकलल।" सुजयनाथ टोकले, "अरे इंस्पेक्टर ताराचंद! ई मौन बतकही बंद करऽ। इहाँ देखऽ देवदुलाल के बंधक बना लिहल गइल बा। अगर रउआ हमनी के इहाँ से ना भागे देब त रउआ देवदुलाल के जान जोखिम में डाल देब।"

ताराचंद कहतारे, "सुजयनाथ! अब तू अकेले बाड़ू अवुरी हमनी के पुलिस टीम से घिरल बाड़ू। तबो तू हमनी के सोझा मजबूती से खड़ा बाड़ू।" "बकवास बतियावल बंद करऽ।", सुजयनाथ कहले, "ना त रउरा त जानते बानी कि हम देवदुलाल के का कर सकीले।"

ताराचंद जीब में हाथ रख के शांति से खड़ा बाड़े। ताराचंद के शांत मुद्रा में देख के सुजयनाथ अउरी नाराज हो जाला। ताराचंद कहतारे, "का कर सकेनी? देवदुलाल के मारल चाहत बाड़ू। ठीक बा! हमरा कवनो शिकायत नईखे। लेकिन, इहाँ से कबहूँ भागे ना दिहल जाई।"

सुजयनाथ खीस से लाल हो गईले। देवदुलाल के गोली मारे के तइयारी करत ताराचंद चिल्लात बाड़े, "देवदुलाल! तुरते आँख बंद करऽ।" देवदुलाल आँख बंद क लिहले अउरी ताराचंद तुरंत सुजयनाथ पर सफेद पाउडर फेंकले। सुजयनाथ अचानक हमला के सामना ना कर पवले अवुरी पीछे हट गईले। देवदुलाल के सुजयनाथ के हाथ से छोड़ दिहल गईल। ताराचंद रणवीर के गोली मार देले। देवदुलाल के अपना संगे लेके इलाज करे के निर्देश दिहल गईल।

☙☙

ओकरा बाद ताराचंद सुजयनाथ के ओर बढ़तारे, जवन कि अभी भी सफेद पाउडर के चलते आंख में जरल सनसनी से पीड़ित बाड़े। ताराचंद आके सुजयनाथ के भूत के नकाब खोल के उनकर असली पहचान के खुलासा करत कहले, "तब तहार खेल खतम हो गईल सुजयनाथ, भा डॉक्टर वज्रनाभ कहब।"

☙☙

भूत पात्र सुजयनाथ के पीछे असली चेहरा डॉ. वज्रनाभ के देख के सभे चौंक जाला। माधव कहतारे कि, "इहाँ का होखता? हमरा कुछूओ समझ में नईखे आवत। हम डॉक्टर वज्रनाभ के मदद कईनी अवुरी उनुका संगे रह गईनी। फिर भी हम ए बात के असलियत काहे ना पता लगा पवनी?"

20

असली कहानी के व्याख्या

ताराचंद वज्रनाभ के पकड़ के पुलिस के सौंप देले। फेर, ऊ घर के पीछे के ओर बढ़ेला, जहाँ एगो तहखाना के कमरा में जाए के गुप्त रास्ता बा। ताराचंद कमरा में जाके दरवाजा तूड़ के बाकी गाँव के लोग के मुक्त कर देला। राधाकांत ताराचंद के पास आके कहले, "तू त बढ़िया काम कइले बाड़ू ताराचंद। आखिरकार तू एह भूत के घर आ सुजयनाथ के तथाकथित भूत के पहेली सुलझा लेले बाड़ू। भगवान रउआ के आशीर्वाद देस।"

राधाकांत आगे कहतारे, "लेकिन, बहुत बात अभी तक साफ नईखे। एकर मकसद का रहे? इहाँ कईसे पहुंचल? हमरा समझ में नईखे आवत।" ताराचंद कहतारे, "शांत हो जा मुखिया! हम तोहरा के पूरा कहानी बता देब। लेकिन, का हमनी के कवनो बेहतर जगह प जुटब जा? ए भूत के घर के नजदीक काहे खड़ा हो जाईं?" ताराचंद आ राधाकांत हँसले।

राधाकांत कहत बाड़न कि "हमनी के सब लोग बरगद के गाछ के नीचे जुट जाईं जा।" सब गाँव के लोग बरगद के पेड़ की ओर बढ़ता है। गोपी राधाकांत, ताराचंद, रणवीर, सूर्य, करण आ विक्रम खातिर बइठे के इंतजाम करेली।

༺ ༻

ताराचंद अब असली कहानी सुनवले, "पहिले आनंद सरकार के शाही परिवार के बारे में कुछ बतावत बानी।" माधव टोकले, "लेकिन, हमनी के सब केहू उनका बारे में जानत बानी जा आ कइसे उनकर दुखद अंत मिलल। ऊ कहानी सुनावे के का फायदा बा?"

༺ ༻

ताराचंद कहले कि, "निश्चित तौर प आप सभे आनंद सरकार अवुरी उनुका परिवार के लोग के बारे में जानतानी। लेकिन कुछ अयीसन तथ्य बा जवन कि आप सभके पता ना होई। जब हम घर के जांच कईनी त कुछ जानकारी मिलल जवना से भूत के ए समूह के मुख्य मकसद साफ हो गईल।"

༺ ༻

ताराचंद कहतारे कि, "आनंद सरकार एक बेर एगो चित्रकार के अपना परिवार के पेंटिंग बनावे के काम देले रहले। ओह घरी उनकर दुनु बेटा देबनाथ आ सुजयनाथ छोट लइका रहले। कुछ दिन में चित्रकार आनंद सरकार अवुरी उनुका परिवार के एगो खूबसूरत पेंटिंग बनवले।"

༺ ༻

राधाकांत कहेले, "हँ! हम चित्रकार के जानत बानी। आनंद सरकार बाबू एक बेर हमरा के उनकरा बारे में बतवले रहले। उनकर नाम कुछ अईसन जाला..." "बृजमोहन" ताराचंद कहतारे, "चित्रकार बृजमोहन रहले। ऊ ओह घरी के मशहूर चित्रकारन में से एक रहले।"

༺ ༻

ताराचंद के कहनाम बा कि, "ओह पेंटिंग के देखला के बाद आनंद सरकार कहले कि इ पेंटिंग उनुकर सबसे बड़ उपलब्धि में से एगो ह अवुरी उनुका जीवन के सभ खजाना ओ पेंटिंग में छिपल बा। आनंद सरकार के ए बात से उनुका नौकर अवुरी घर के बाकी कर्मचारी के बीच कुछ गलतफहमी पैदा हो गईल।"

༺❀༻

"गलतफहमी!", लखन पूछत बाड़े, "कइसन गलतफहमी?" ताराचंद के कहनाम बा कि, "आनंद सरकार जवना बात के जीवन भर के खजाना के रूप में बात करत रहले, उ रहे उनुका परिवार के एकता जवन कि ए पेंटिंग में देखावल गईल रहे, अवुरी बेशक उनुकर दुनो बेटा देबनाथ अवुरी सुजयनाथ रहे।"

༺❀༻

"आहह!" माधव कहतारे, "आनंद सरकार बाबू के व्यक्तित्व कतना दिव्य रहे।" ताराचंद के कहनाम बा कि, "लेकिन, उनुकर घरेलू नौकर दिव्य व्यक्तित्व ना रहले। उ लोग गलती से ए पेंटिंग के आनंद सरकार के जीवन भर के धन के कवनो गुप्त मार्ग समझत रहले। उ लोग खजाना मिलल चाहत रहले, लेकिन ना मिल पावल। आखिरकार ओह लोग के दोस्ती आनंद सरकार के बड़का बेटा सुजयनाथ से हो जाला आ धीरे-धीरे दुनु के गलतफहमी सुजयनाथ के मन में भी घुस जाला। तब से सुजयनाथ के माई-बाबूजी के प्रति व्यवहार खराब होखे लागल।"

༺❀༻

राधाकांत पूछतारे "तब इहे गलतफहमी सुजयनाथ के खराब व्यवहार के कारण बा?" ताराचंद कहत बाड़न कि, "हँ आ एह गलतफहमी का चलते आखिर में आनंद सरकार के परिवार के दुखद अंत हो जाला।" माधव टोकले, "लेकिन, ई कहानी डॉ. वज्रनाभ से कईसे जुड़ल बा?" ताराचंद कहतारे कि, "वज़्रनाभ के बारे में एगो अवुरी तथ्य बा, जवना के खुलासा

करे के जरूरत बा। लेकिन, पहिले एकर मकसद बतावतानी।"

ताराचंद कहतारे, "वज्रनाभ खजाना के झूठा कहानी सुनले रहले आ ओकरा के साँच मानत रहले। ओकरा लागल कि सुजयनाथ के खजाना मिल गइल बा आ बाद में ओकरा के अपना घर के भीतर भा ओकरा लगे कवनो सुरक्षित जगह पर छिपा दिहलन। भा शायद खजाना के सही जगह के बारे में अभी तक पता नईखे चलल। एही से उ बहुत देर तक एह गांव प नजर रखले अवुरी ए गांव अवुरी अंत में भूत के घर में घुसे के मौका के इंतजार करत रहले।"

राधाकांत पूछतारे, "लेकिन, वज्रनाभ हमनी के गाँव खातिर सरकार के नियुक्त डाक्टर हउवें। उ इ कईसे करीहे?" ताराचंद कहले, "हम इहे कहे के चाहतानी। लेकिन अब बतावत बानी कि वज्रनाभ अवुरी उनुकर टीम इहाँ कईसे पहुंचल।"

ताराचंद कहतारे, "जइसन कि हम पहिले कहले रहीं कि वज्रनाभ एह गाँव में होखत गतिविधि देखत रहले। उनुका एह बात के जानकारी रहे कि एह गाँव में डाक्टर के जरूरत बा आ मुखिया सरकार के कई बेर चिट्ठी लिखले रहले। त उ डाक्टर के भेस में गांव में घुसे के योजना बनवले।"

ताराचंद के कहनाम बा कि, "उ अपना आदमी के फर्जी पहचान पत्र अवुरी फर्जी सरकारी दस्तावेज के इंतजाम करे के आदेश देले, जवन कि उनुका डॉक्टर के साबित करे खाती काफी होई। लेकिन, जब सुनेला कि सरकार राधाकांत के चिट्ठी के जवाब देके लिखले बा कि डाक्टर जल्दिए आई, त उ आपन योजना बदल के अपना आदमी के असली डाक्टर के अपहरण करे के आदेश देले। जब डिस्पेंसरी के निर्माण पूरा हो गईल अवुरी असली

डॉक्टर आवे वाला रहले त वज़्रनाभ के आदमी उनुका के चुपके से पकड़ लेले।"

॰॰

राधाकांत कहत बाड़न कि "एकर मतलब बा कि वज़्रनाभ असली डाक्टर ना रहले।" लखन ताराचंद से पूछेले, "लेकिन, सच्चाई त कइसे पता चलल?" ताराचंद कहले, "हम बहुत दिन तक पुरनका घर में रहनी। ओ लोग के बतकही सुनले रहनी। ओ बतकही से हमरा इ जानकारी मिलल। संगही, डॉ. वज़्रनाभ के पहचान पत्र भी मिल गईल, जवन कि पहिला नजर में असली लाग सकता लेकिन, असल में नकली रहे। एह तरह से वज़्रनाभ रउआ सोझा डॉक्टर के रूप में हाजिर हो गईले।"

॰॰

ताराचंद कहले कि, "हालांकि उ गांव में सफलतापूर्वक प्रवेश कईले, लेकिन उ अभी भी पुरान घर में घुसे के मौका के तलाश में रहले। साथे-साथे उ पूरा गांव के सर्वेक्षण क के भागे के सभ संभावित रास्ता के पता लगावे के चाहत रहले। त ऊ माधव के गाँव में घूमे के कहेले अऊर गाँव के हर कोना-कोना पार कइला के बाद माधव अनजाने में ओकरा के पुरनका घर में ले जाला। अभी घर के आसपास के निरीक्षण करत बाड़े, लेकिन माधव अचानक ओकरा के ओ जगह से दूर जाए खाती मजबूर क देले। उनुका लगे जगह छोड़े के अलावे कवनो चारा ना रहे।"

॰॰

ताराचंद कहतारे, "लौटला के बाद वज़्रनाभ परेशान हो गईले काहे कि उनुकर काम अधूरा रहे। एहसे उनुका एगो नाया योजना आईल। पुरनका घर के जानकारी लेबे खातिर मुखिया के लगे जाला। लेकिन, देवदुलाल अचानक हाजिर होके वज़्रनाभ के घर के कहानी सुनवले।"

॰॰

ताराचंद कहतारे, "बाद में जब देवदुलाल सुजयनाथ के भूत के डर के बारे में बतवले त वज्रनाभ भूत के फेर से जिंदा करे के फैसला कईले। संगही, उ पक्का सड़क प गांव के लोग के बान्हल जंजीर के तोड़े के फैसला कईले, ताकि उनुका अवुरी उनुका आदमी के शहर में भागे के आसान रास्ता मिल सके।"

༄

ताराचंद कहतारे, "तब, उ अपना आदमी के पुरनका घर में रह के भूत निहन काम करे के योजना के बारे में बतवले। लेकिन, ओकरा से पहिले उनुकर काम पक्का सड़क प लगावल जंजीर के हटावे के रहे। एक रात ऊ आ उनकर आदमी चुपके से ओह पुरान घर के लगे कोजवे के लगे पहुँचल जहाँ जंजीर लगावल रहे। लेकिन उ लोग जंजीर ना तोड़ पवले। एही से वज्रनाभ एगो अउरी योजना बनवले अवुरी अपना आदमी के आदेश देले कि कच्चा सड़क के नुकसान पहुंचावे, ताकि गांव के लोग खुद पक्का सड़क प जंजीर खोलस, जब तक कि कच्चा सड़क के पूरा मरम्मत ना हो जाए।"

༄

ताराचंद कहले कि, "लेकिन, ओ लोग खाती एगो अवुरी समस्या पैदा भईल। गांव के लोग असल में जंजीर हटा के वज्रनाभ के योजना के मुताबिक पक्का सड़क के इस्तेमाल करे लगले। लेकिन, अयीसन कईला से गांव के लोग के विश्वास होखे लागल कि भूत-प्रेत के कवनो अस्तित्व नईखे।"

༄

ताराचंद कहतारे, "ई ओह लोग के मूल योजना के खिलाफ होखत रहे। त भूत-प्रेत के डर के फेर से स्थापित करे अवुरी रास्ता साफ करे के चक्कर में वज्रनाभ अवुरी उनुकर आदमी पक्का सड़क प गांव के लोग के गोल-गोल करे लागेले। आ अउरी गाँव के लोग के लागल कि सुजयनाथ के भूत एह सड़क के इस्तेमाल करे खातिर गाँव के लोग के मारत बा।"

୧୭

माधव पूछतारे, "लेकिन, डिस्पेंसरी में उ हमेशा हमरा संगे रहले। त पुरनका घर जाए के समय कईसे मिलल?" ताराचंद कहत बाड़े, "वज्रनाभ के रात में राउर गहिराह नींद के बारे में पता चलल। त, जब रउआ नींद आवत रहे त उ ओह घर में जात रहले।"

୧୭

ताराचंद कहतारे, "लेकिन, एक दिन साँझ के देवदुलाल अचानक उनुका सोझा हाजिर भईले अवुरी सच्चाई के पता लगावे खाती उनुका संगे पुरनका घर जाए के निहोरा कईले। वज्रनाभ अयीसन ना कईल चाहत रहले। लेकिन, दोसर कवनो विकल्प ना देख के ऊ देवदुलाल के साथे जाए के फैसला करेला। बाद में वज्रनाभ के राहत मिलल जब मुखिया आके देवदुलाल से निहोरा कइलन कि ऊ ओह घरी पुरनका घर ना जासु।"

୧୭

ताराचंद कहतारे कि, "ओह रात, जईसे कि उनुकर दिनचर्या रहे, वज्रनाभ पुरान घर में जाके उहाँ अपना आदमी से मिल गईले। लेकिन, कुछ देर बाद उनुकर एगो आदमी देवदुलाल के अपना ओर आवत देखलस। वज्रनाभ तुरंत अपना सभ आदमी के सचेत क देले अवुरी खुद अपना भूत-प्रेत के रूप में देवदुलाल तक पहुंच गईले अवुरी उनुका के पकड़ लेले।"

୧୭

ताराचंद कहतारे, "वज्रनाभ खातिर इ एगो प्रोत्साहन रहे काहे कि देवदुलाल के गायब होखला के चलते अब गांव के सभ लोग पूरा तरीका से टूट गईल रहले। लेकिन, उ आपन काम जल्दी से जल्दी पूरा कईल चाहत रहले। त, मुखिया के झूठा बहाना बना दिहलस कि नया दवाई के तलाश में शहर जाए के बा। फेर, ऊ पुरान घर में अपना आदमी के साथे मिल जाला आ पूरा जोर शोर से खजाना के खोज शुरू कर देला। बाकी

बात रउरा सभे जानत बानी।"

राधाकांत कहतारे, "ओकनी के एगो बड़ योजना रहे। लेकिन, उ लोग के इ ना मालूम रहे कि इंस्पेक्टर ताराचंद अपराधी के कवनो योजना के नाकाम क सकतारे। लेकिन, का ओ लोग के कवनो खजाना मिलल?" ताराचंद कहले कि, "ना, हम पहिले कहले रहनी कि इ गलतफहमी रहे। घर में चाहे ओकरा आसपास कवनो छिपल खजाना ना रहे।"

माधव कहतारे कि, "लेकिन एक बात अभी तक साफ नईखे भईल।" "ऊ का ह?", ताराचंद पूछत बाड़े। माधव कहतारे, "आनंद सरकार के परिवार के दुखद अंत के पीछे पूरा कहानी रउआ बतवनी। लेकिन, ओह घटना के अगिला दिने घर के लगे एगो गाँव के आदमी मरल मिल जाला अवुरी उहो उनुका आंख में जवन डर देखाई देता ओकरा चलते। ऊ का रहे?"

ताराचंद हल्का मुस्कान देत कहले कि, "इ एगो भूत के काम रहे।" गाँव के लोग उलझन में आ घबराहट में रहे। ताराचंद कहतारे, "हम मजाक करत रहनी। असल में दुर्घटना के एक दिन बाद भी घर के कर्मचारी घर के भीतर अवुरी आसपास खजाना खोजत रहले। आ ओह घरी गाँव के लोग घर के बगल में पक्का सड़क पर घूमत रहले, एहसे जइसन कि वज्रनाभ अब सोचत रहले कि ऊ लोग भी भूत के वापस ले आवे के योजना बनवले रहे।"

राधाकांत कहतारे, “ठीक बा! लेकिन, एह गाँव के अबहियों डाक्टर के जरूरत बा। पता ना कब डाक्टर साहब ई गाँव में अइहें।" ताराचंद अचानक आपन पुलिस टीम आवत देख के कहेले कि, "डॉक्टर के बोलावल गईल, उ आ गईल बाड़े।" गाँव के लोग देखत बा कि डाक्टर

के साथे पुलिस टीम आवत बिया। उ लोग हैरान लउकत बाड़े। ताराचंद स्थिति के समझ के कहतारे कि, "इ असली डॉक्टर ह। हमार टीम असली डॉक्टर के ठिकाना के जांच करत रहे अवुरी अब आखिरकार, उ लोग सफल हो गईल बाड़े।"

राधाकांत कहत बाड़न, "आखिर में अब हमनी का सगरी परेशानी से मुक्त हो गइल बानी जा।" ताराचंद कहत बाड़न कि "हँ, आ रउरा सभे ओह पक्का सड़क के इस्तेमाल कर सकीलें। सुजयनाथ अब तोहरा के परेशान करे ना अइहें।" ई कहत ताराचंद हँसे लगले अउरी गाँव के सब लोग हँसे लगले।

**** समाप्त ****

CPSIA information can be obtained
at www.ICGtesting.com
Printed in the USA
BVHW032114120223
658287BV00007B/2170

9 798889 352372